Johann Joachim Ewald

Johann Joachim Ewald's Sinngedichte

Abdruck der ersten Ausgabe von 1755

Johann Joachim Ewald

Johann Joachim Ewald's Sinngedichte
Abdruck der ersten Ausgabe von 1755

ISBN/EAN: 9783743657700

Hergestellt in Europa, USA, Kanada, Australien, Japan

Cover: Foto ©Andreas Hilbeck / pixelio.de

Weitere Bücher finden Sie auf **www.hansebooks.com**

Berliner Neudrucke.

Herausgegeben

von

Prof. Dr. Ludwig Geiger, Prof. Dr. B. A. Wagner und Dr. Georg Ellinger.

Zweite Serie. Vierter Band.

Berlin.

Verlag von Gebrüder Paetel.

1890.

Johann Joachim Ewald's

Sinn = Gedichte.

Abdruck der ersten Ausgabe von 1755.

Herausgegeben

von

Georg Ellinger.

Berlin.

Verlag von Gebrüder Paetel.

1890.

Einleitung.

In der vorliegenden Ausgabe sind die Gedichte eines Mannes gesammelt, der weniger um seiner selbst als um des Kreises willen, in dem er lebte, in der Geschichte unserer Litteratur eine gewisse Bedeutung erlangt hat. Daß er in regen Verkehr mit Kleist, Gleim und Nicolai, in entfernteren mit Lessing, Rabener, Ramler und anderen Schriftstellern gelangte, hat er freilich nicht so sehr seinen litterarischen Leistungen als seiner eigenartigen Persönlichkeit zu verdanken, deren Reiz sich auch der, dem sie nicht sympathisch war, nicht entziehen konnte. Seine noch um die Wende des achtzehnten und neunzehnten Jahrhunderts viel bewunderten Gedichte flößen uns nicht das gleiche Interesse ein wie sein wechsel- und schicksalsvolles Leben; aber bei der ungemeinen Seltenheit der von Ewald selbst veranstalteten Ausgaben wird eine Wiedergabe der ersten Ausgabe wohl manchem Litteraturfreund willkommen sein.

Wenn wir von den letzten Jahren Ewalds und seinem räthselhaften, noch immer unaufgeklärten Lebensende absehen, sind wir über sein Leben und seinen Entwicklungsgang sowohl durch einen sorgfältigen Bericht Nicolais als auch durch Ewalds Briefe verhältnißmäßig gut unterrichtet. Johann Joachim Ewald ist am 3. September 1727 zu Spandau geboren, wo sein Vater Handwerker und später Gastwirth war. Er besuchte das kölnische Gymnasium in Berlin; ob erst seit 1744, wie Nicolai angibt, bleibt zweifelhaft, wahrscheinlicher ist es, daß er schon ein oder zwei Jahre vorher auf die Schule kam, denn er scheint noch in ein näheres Verhältniß zu Pyra getreten zu sein, was kaum möglich war, wenn Ewald erst 1744 nach Berlin gekommen wäre, da Pyra schon am 14. Juli desselben Jahres starb. Pyra scheint in ihm die Liebe zur

Poesie erweckt zu haben, jedenfalls hat er ihn auf Gleim aufmerksam gemacht und damit gewissermaßen Ewald die Richtung für sein poetisches Schaffen vorgezeichnet. Von mehreren Gönnern unterstützt, ging Ewald im Jahr 1748 nach Halle, um Jura zu studiren. Bereits im folgenden Jahre nahm er eine Hofmeisterstelle bei dem General von Retzow in Potsdam an; seine Kenntnisse in der französischen Sprache, die er dem Umgang mit mehreren Mitgliedern der französischen Kolonie in Berlin verdankte, sowie die Empfehlungen vornehmer Gönner bewirkten, daß ihm die Stelle zu Theil wurde. In Potsdam lernte er Kleist kennen, der ihn im Januar 1750 zum ersten Male brieflich erwähnt, Nicolais Bekanntschaft machte er erst, als er im Jahr 1750 mit einem der Söhne des Herrn von Retzow die Universität Frankfurt bezog, wo er bis zum Jahr 1752 blieb und außer Nicolai auch zu Johann Samuel Patzke in freundschaftliche Beziehungen trat, der als Lyriker den Spuren Hagedorns und Gellerts mit mäßigem Geschick folgte, aber auch als Trauerspieldichter und Übersetzer sich versuchte. Ein Denkmal dieses freundschaftlichen Verkehrs ist die Abschiedsode, welche Patzke, als Ewald im Jahr 1752 durch die Vermittlung des Herrn von Retzow zum Auditeur beim Regiment des Prinzen Heinrich in Potsdam ernannt wurde, dem scheidenden Freunde mit auf den Weg gab. (Lieder und Erzählungen, Zweytes Buch, Halle 1752, S. 49 ff.) Hier wird nach einem begeisterten Lobe der Freundschaft der Gedanke mehrfach wiederholt, daß, wo der Freund fehle, eine wirkliche Freude unmöglich sei:

> Gefilde! ihr begeistert nicht,
> Ihr seyd zwar schön für das Gesicht;
> Ihr Zephirs haucht mir kühl entgegen.
> Ich sehe zwar der Fluten Segen;
> Allein ich seh es, und bin still,
> Wenn es kein Freund mir zeigen will.
>
> Dann geh ich einsam traurig hin,
> Mit finsterm misvergnügten Sinn.
> Um mich herum lacht Lust und Freude;
> Doch ohne Freund seh ich nie beyde.
> Ein Damon muß erst mit mir gehn,
> Und sagen: Freund! o sieh, wie schön!
>
> Dieß Freund! dieß Glücke wird itzt dir.
> Und dieses Glück entziehst du mir.

Wir wollten diesen Frühling singen,
Den Zephirn unsre Opfer bringen,
Ich saß im Geist schon an dem Bach,
Und Echo seufzte schon uns nach.
        Dir Potsdamm, seh ich neidisch zu,
Du raubst mir einen Theil der Ruh.
Ihr seyds nicht reizende Gewässer,
Auch ihr nicht, königliche Schlösser,
Die ihr mir einen Freund entreißt;
Es ist ein Freund, es ist ein Kleist.
        Er, kein Geringrer nimmt ihn ein,
Er muß wie Kleist, so göttlich seyn.
Die Freundschaft lächelt dir entgegen,
Mit ihr die Musen und der Segen.
Dir lächeln sie, mir weinen sie;
Warum ward mir dieß Glück doch nie.
        Mein Ewald ja ich liebe dich.
Wo ist doch der, der liebt, wie ich,
Der denkt wie ich, mir gleich geschaffen?
O Allmacht! bring durch deine Waffen
Mir diesen Freund, den Damon her,
Sonst wird mir jeder Tag zu schwer.
        Wo ist der Bach, wo ist der Hein,
Wo etwa die versammlet seyn,
Die sonst gleich mir, so zärtlich dachten,
Als sie die Vorwelt glücklich machten?
O! sollte mir ein Wunsch geschehn,
So möcht ich dich, o Pope! sehn.
        Dein Frühling, Freund! wird dir sehr schön
In deiner Freunde Kreis vergehn,
Dir werden Wochen sanft verschwinden!
Und solltest du dort Bäume finden,
Wo Namen eingeschnitten seyn,
So schneid von fern auch meinen ein.

In der That kam Kleist in Potsdam Ewald mit vieler Liebe entgegen; zunächst waren sie allerdings nur einen Monat zusammen, da Ewald im Mai 1752 nach Potsdam kam, Kleist aber schon im Juni

desselben Jahres als Werbeofficier seinen bisherigen Aufenthaltsort verließ. Aber als Kleist im Mai 1753 nach Potsdam zurückkehrte, wurde
der Verkehr mit Ewald wieder aufgenommen; zeitweilig war Ewald
Kleists einziger Umgang. Dem vereinsamten und in Potsdam jeder
Anregung entbehrenden Kleist mußte die Bekanntschaft des regsamen
und belesenen Mannes in der That sehr erwünscht sein. Er rühmt
Gleim gegenüber Ewalds „excellentes Gemüth" und faßt sein Urtheil
über Persönlichkeit, Kenntnisse und Fähigkeiten des Freundes ebenfalls
gegen Gleim folgendermaßen zusammen: „Hier haben Sie eine neue
Ode von ihm, woraus Sie wenigstens sehen werden, daß er ein
lustiger, aufgeweckter Kopf ist. Er ist aber noch mehr: er ist das beste
Herz von der Welt, hat einen ungemein artigen Anstand, spricht Französisch,
Italienisch und Englisch, und zwar die ersten beiden als seine Mutter-
sprache; er ist ein Philosoph und Mathematicus wie Einer, der es nicht
von Profession ist, und hat einen ungemeinen Trieb zu den schönen
Wissenschaften." Die Schwächen in Ewalds Charakter wird Kleist wohl
auch damals schon erkannt haben, wie er sie dann später hervorgehoben
hat, aber es war selbstverständlich, daß er in den ersten Jahren der
Freundschaft weniger auf diese als auf Ewalds Vorzüge achtete; auch
mag Ewalds unstätes und ruheloses Wesen, das ihn schließlich ins
Elend gestürzt hat, damals noch nicht so hervorgetreten sein.

Die drei Jahre, die Ewald in innigem Verkehr mit Kleist in Potsdam zubrachte, werden von Nicolai als die glücklichste Zeit in dem Leben
Ewalds bezeichnet. Nachdem Kleist im August 1758 Potsdam auf
Nimmerwiedersehen verlassen hatte, war auch Ewalds Bleiben nicht länger
hier. Um den Beschwerlichkeiten des Feldzuges, die er nicht ertragen
mochte, aus dem Wege zu gehen, wußte er es durchzusetzen, daß er als
General-Auditeur nach Dresden versetzt wurde. Aber auch hier blieb er
nur kurze Zeit; er wurde seiner Beschäftigung bald müde und nahm
seinen Abschied, ohne abzuwarten, ob die Hoffnungen auf eine Versorgung
in Berlin, die ihm Prinz Heinrich erweckt hatte, sich verwirklichen oder
die Bemühungen seiner Freunde um eine andere Stelle für ihn von
Erfolg begleitet sein würden. Es war ihm die Möglichkeit geboten, in
Begleitung eines Herrn von Egerland umsonst nach England zu reisen;
ohne sich lange zu bedenken, griff Ewald zu und ging im März 1757
dorthin; Hoffnungen, die er an seinen dortigen Aufenthalt knüpfte, ver-
wirklichten sich nicht, und so blieb ihm nichts weiter übrig, als nach

wenigen Monaten seine Rückreise nach Deutschland anzutreten. Hier hatte das Schicksal schon wieder für ihn gesorgt; er war dem Erbprinzen von Hessen-Darmstadt zum Hofmeister für seinen Sohn empfohlen worden, und es gelang ihm, als er im Herbst 1757 nach Darmstadt kam, die Stelle zu erhalten. Nach einem kurzen Badeaufenthalt in Ems lebte er mit seinem Zögling meist zu Pirmasens im Elsaß, aber auch hier war seine Stellung nicht von Dauer. Im Anfange des Jahres 1759 mußte er seinen Abschied nehmen, wozu er nach Nicolais Vermuthung vielleicht durch irgend einen unüberlegten Streich gezwungen worden ist. Mit der gleichen Hast und Überstürzung, wie die Fahrt nach England, begann er jetzt eine Reise nach Italien, wohin er sich lange schon gesehnt hatte. Bereits 1757 schreibt er einem Freunde: „freylich Italien würde unser Beyder Land seyn; dahin stehen meine Wünsche. Glücklich, wer dort mit einem Kenner der Künste, wie Sie, reisen konnte." Neben seiner Wander- und Abentheuerlust, seiner Sucht, immer neue Eindrücke in sich aufzunehmen, mag es wirklich auch sein Interesse an den Werken der bildenden Kunst und Malerei gewesen sein, das ihn nach Italien getrieben hat. Die nachhaltigste Förderung hoffte er in dieser Beziehung von Winckelmann zu erhalten, den er schon früher in Potsdam kennen gelernt hatte und über den er sich 1758 in einem Brief an Nicolai enthusiastisch äußert: „Ich sehe mit Verlangen seiner Historie der Kunst entgegen. Alles, was er denkt, sagt und schreibt ist attisch. Winckelmann wird von Denen, so ihn in Dreßden zu schätzen gewußt haben, angebehtet, ich möchte einmahl mit ihm in Florentz, Rom, Neapel solche Spaziergänge vornehmen, wie ich sie mit ihm in Potsdam gemacht habe. Seine Gelehrsamkeit ist von einem so großen Umfange, als sein Geschmack edel und sicher ist. Niemand wird Italien besser nutzen, als Winckelmann, niemand wird uns auch alles Schöne, was dort aufbehalten wird, besser als er erklären können." Daneben mag Ewald gehofft haben, in Italien neue Anregung zu poetischer Produktion zu erhalten, die während seines Aufenthaltes in Pirmasens fast ganz geruht hatte; wenigstens ergibt sich eine solche Hoffnung aus einer Äußerung im Jahre 1758: „Meine Muse hat mir lange nichts vorgesagt; in Italien dachte ich dichten zu können."

Die Planlosigkeit, mit der er seine italienische Reise unternommen hatte, sollte sich bitter an ihm rächen. Es scheint, daß er weder die nöthigen Geldmittel besaß, um eine Zeit lang in Italien ruhig leben zu können, noch genügende Kenntniß der italienischen Verhältnisse, die ihn in den Stand gesetzt hätten, sich eine sichere Stellung dort zu schaffen. Die Hoffnungen, welche er auf Winckelmann gesetzt hatte, erfüllten sich nicht. Als Ewald im Juni 1759 in Rom eintraf, scheint ihm Winckelmann zunächst freundlich entgegengekommen zu sein; aber das gute Verhältniß zwischen Beiden hielt nur kurze Zeit vor; sie geriethen, wie es scheint, wegen Geldangelegenheiten miteinander so in Streit, daß es Winckelmann für nöthig hielt, seine Freunde vor Ewald als einem Menschen zu warnen, der sein Vertrauen mißbraucht habe. Wirklich läßt es sich wohl kaum bestreiten, daß die Noth Ewald zu manchen unwürdigen Schritten verleitet hat. Wie Winckelmann trat er zum Katholicismus über. Wir können ihn dann noch in Florenz und Livorno verfolgen. Krankheit wechselte mit Wahnsinnsanfällen; aus dem umnachteten Zustande seines Geistes erklärt sich wohl die Thatsache, daß er sich in Livorno in der Kutte eines Bettelmönches herumtrieb. In gesunden Augenblicken trug er sich mit den seltsamsten Projekten, aus denen seine alte Abenteuerlust spricht: er dachte an eine Auswanderung nach Ostindien. Diese Neigung scheint bald in ihm die Oberhand gewonnen zu haben; in Livorno, wo er die dort ansässigen deutschen Kaufleute um Unterstützung bat, erklärte er, nach Deutschland zurückkehren zu wollen, aber nachdem seine Landsleute für ihn das Reisegeld zusammengebracht hatten, ging er nicht nach Deutschland, sondern er schiffte sich nach Algier oder Tunis ein. Seitdem ist er verschollen; von seinem ferneren Leben ist nichts bekannt, und da uns jeder Anhaltspunkt fehlt, wäre es nutzlos, darüber Vermuthungen anzustellen.

Versuchen wir nun, ein Bild von Ewalds Persönlichkeit zu gewinnen, wie es sich aus seinen Lebensschicksalen und seinen Briefen ergibt. Was die bedeutenden Männer, die mit ihm verkehrten, zunächst angezogen haben wird, war wohl das vielseitige Interesse, von welchem Ewald erfüllt war und das er an den Tag legte. Diese Vielseitigkeit tritt uns schon in seinen litterarischen Neigungen entgegen: er nahm nicht nur den regsten Antheil an den litterarischen Kämpfen, die seine Zeit bewegten, sondern er suchte sich auch über die hervorragendsten Erscheinungen der Litteratur älterer Zeiten und fremder Völker zu unterrichten. Sich mit der französischen und englischen Litteratur zu beschäftigen, mußten ihm schon seine Sprachkenntnisse und sein Aufenthalt in England nahe legen; besonders zog ihn die englische Litteratur an,

und wie er einem französischen Dichter ein Epigramm nachgedichtet hat,
so versuchte er sich auch an englischen Dichtern: er übersetzte Stücke aus
Pope und aus Thomson. Gedruckt ist von diesen Übersetzungsversuchen
nur die prosaische Übersetzung der Hymne über die vier Jahreszeiten von
Thomson. (Als Anhang der Ausgabe von 1757, S. 123—28, Thomson,
works, London 1803, Vol. I. S. 177 ff. Die Übersetzung hatte Patzke
schon vorher in Druck gegeben: Gedanken mit einer Übersetzung
der Hymne über die vier Jahreszeiten; aus dem Englischen
des Thomsons. Frankfurt a. d. Oder, Kleib. 1754. 12°.)
Auch mit der griechischen Litteratur beschäftigte er sich eifrig, er las
namentlich gern die Bukoliker, von denen er ebenfalls Einzelnes übersetzte (aus Theokrit; doch vgl. auch unsere Ausgabe S. 12 und 14), von
den Prosaikern war sein Lieblingsschriftsteller Xenophon, dessen Cyropädie
er gleichfalls zu übertragen begann. Wie weit er mit der italienischen
Litteratur vertraut war, läßt sich nicht entscheiden, doch mögen seine
Sehnsucht nach Italien und seine vertrauten Beziehungen zu Oriana
Ecalidéa, der Frau des Hofdichters Giampetro Tagliazucchi, ihm nach
dieser Richtung hin manche Anregungen gegeben haben. Sein Interesse an
der spanischen Litteratur läßt sich nur durch die Nachbildung eines spanischen
Gedichtes belegen. — Die litterarischen Urtheile, die Ewald in seinen
Briefen ausspricht, zeugen meist von Sachkenntniß; aber wenn sie uns
am Anfang auch durch Einsicht und Scharfsinn überraschen, so verliert
sich dieser Eindruck bald durch die Übertreibungen und schrullenhaften
Gedanken, die sich an das zunächst richtige Urtheil anknüpfen. So,
wenn er in einem Briefe an Nicolai (22. April 1758) die zutreffende
Bemerkung macht, daß, wenn wir ein Bild von dem historischen Sokrates
gewinnen wollen, wir uns an Xenophon zu halten haben und nicht an
den idealisirten Sokrates des Plato, aber daraus dann vollständig irrige
Schlüsse zieht, indem er in ganz ungerechter Weise Plato Xenophon
gegenüber herabzudrücken sucht. — Neben seinen litterarischen Neigungen
machte sich bei Ewald, wenn auch nicht in gleicher Stärke, Interesse für
bildende Kunst und Malerei geltend, das namentlich durch seinen Aufenthalt in Dresden und den Verkehr, den er dort fand, kräftige
Nahrung erhielt. Aber auch für die Schönheit landschaftlicher Eindrücke
war er sehr empfänglich, und die neuen Erscheinungen, die ihm auf
seinen Reisen entgegentraten, wußte er mit sicherem Blick zu beobachten
und im scharfumrissenen Bilde festzuhalten. Die Kunst, das gut

Beobachtete treffend darzustellen, tritt uns in seinen Briefen weit mehr entgegen, als in seinen Epigrammen, und wie bei Rabener lernen wir die eigentliche Kraft des Dichters aus seinen Briefen besser kennen, als aus seinen Dichtungen.

Lange Jahre nach dem Tode Ewalds hat Nicolai ein sehr herbes Urtheil über den Freund gefällt, auf das hier mit einigen Worten eingegangen werden muß. „Er hatte," schreibt Nicolai (Neue Berlinische Monatsschrift, Bd. XX, S. 266 ff.), „eigentlich nichts gründlich studirt, aber viel gelesen, und vermöge angeborner Leichtigkeit zu fassen, mancherlei angenehme Kenntnisse erlangt, auch unter Damm's Anweisung einige Kenntniß der Griechischen Sprache und Liebe zu derselben, war aber nachher darin nicht weit gekommen. Die griechischen Dichter, besonders die erotischen, las er gern und half sich dabei durch lateinische Über-setzungen. . . . . Er liebte schöne Spaziergänge, Gemälde, Musik, Poesie, Lektüre, doch liebte er davon nur den vorübergehenden Genuß, der Ein-druck war nie tief und bleibend: er dürstete immer nach Veränderung. In seiner besten Zeit war er leicht und geschmeidig im Umgange, in Gesprächen nicht lehrreich, aber unterhaltend; er war was die Franzosen un aimable étourdi nennen. In Gegenwart Kleist's, für den er eine ungemessene Hochachtung hegte, bezeigte er sich ernsthafter; von demselben entfernt war er oft bis zur Ausschweifung lustig. Seine Poesie war ihm, wie alles Andere, bloß gelegentlicher Genuß. Es fand sich in ihm nichts von irgend einer Art der schaffenden (poetischen, machenden) Phantasie. Wenn er mehr als ein Epigramm oder höchstens ein Liedchen versuchen wollte, so gelang ihm nichts, und seine ersten Ideen lebhaft werden zu lassen, war ihm schon zu unbequem; alles war bei ihm nur gelegentlicher Einfall. Nachdem er Kleists Gesellschaft entbehren mußte, die auf seinen poetischen wie auf seinen sittlichen Charakter einen wohlthätigen Einfluß gehabt hatte, verließ ihn die Lust zur Poesie; und es blieb ihm nur die Liebe zu sinnlichen Vergnügungen, die ihn, sich selbst überlassen, oft irre führte und zuletzt ins Verderben stürzte. Wie sehr wäre ihm zu wünschen gewesen, daß er immer in des edlen Dichters Umgang hätte bleiben können."

Bei der Betrachtung dieses Urtheils müssen wir uns zunächst daran erinnern, daß Nicolai es erst in den letzten Jahren seines Lebens formulirt hat, nachdem die nach und nach immer mehr bei ihm hervorgetretene nüchterne Gesinnung und die Oppositionsstellung, in die er dadurch zu allen treibenden Kräften unserer litterarischen Entwicklung gerathen war, ihn zu immer schrofferer Beurtheilung jedes jugendlichen Überschwanges geführt hatten. Wir werden daher das Urtheil nicht ohne Einschränkung gelten lassen können. Aber in einem Punkt hat Nicolai den Kern von Ewalds Wesen richtig getroffen: in seiner Betonung der Sucht Ewalds nach beständiger Veränderung. Er gehörte zu den Menschen, die sich in jeder Lage, trotzdem sie deren Vorzüge anfangs enthusiastisch gepriesen, nur eine kurze Zeit glücklich fühlen und sich aus derselben heraussehnen. Im Mai 1752 wurde Ewald Auditeur, und bereits ein Jahr darauf (Juni 1753) hören wir, daß er seines Auditoriates sehr müde sei. „Er ist zu unruhig und wird nirgends zufrieden sein," sagt Kleist von ihm. Halten wir dieses Rastlose und Ungestüme seines Wesens zusammen mit der Vielseitigkeit seiner Interessen, so gewinnen wir den Eindruck, daß wir es zwar mit einem leichtsinnigen und ohne Überlegung handelnden, aber auch mit einem nicht gewöhnlichen Menschen zu thun haben.

Man wird nun bei einer solchen Natur von vornherein nicht annehmen, daß sie im Stande gewesen wäre, poetische Entwürfe in Ruhe auszureisen zu lassen, wohl aber wird man an die dichterische Produktion des Mannes mit der Erwartung herantreten, daß gewisse größere Züge, wie sie uns aus der Persönlichkeit entgegentreten, sich auch in seinen Dichtungen offenbaren würden. Dem ist aber keineswegs so, und man wird in ähnlicher Weise enttäuscht, wie wenn man etwa von Mylius' Persönlichkeit und seinem bewegten Leben auf den Inhalt seines Schaffens schließt und beim näheren Zusehen nur Unbedeutendes und Gewöhnliches findet. Ewald ist in seinen dichterischen Versuchen nirgends selbständig, und Lessing charakterisirt ihn vollkommen zutreffend, wenn er das erste der beiden in unsrer Ausg. S. 46 abgedruckten Kriegslieder Gleim gegenüber folgendermaßen beurtheilt: „Es ist so gut, als es ein nachahmender Witz machen kann; erfunden würde Herr Ewald diese Art von Gedichten nicht haben." In der That hat sich Ewald nirgends von der Nachahmung frei gemacht und zur Selbständigkeit durchgerungen.

Von größeren Dichtungen Ewalds haben wir zunächst drei Cantaten (S. 39 f., S. 49 f. unsr. Ausg.), welche die auch sonst häufig wiederkehrende Form aufweisen: zunächst eine einstrophige Arie, dann ein in freien Maßen sich ergebendes Recitativ, an welches sich wieder eine einstrophige Arie anschließt. In der bisher ungedruckten Cantate S. 50 ist diese Form auch für die Liebesdichtung verwendet worden. Eng an den

Ideengehalt der geistlichen Cantaten schließen sich die Betrachtungen bei Gelegenheit des Erdbebens von Lissabon an (S. 33). In Metrum, Ausdrucksweise und Inhalt folgen die beiden Kriegslieder (S. 46 ff.) den Spuren der Grenadierlieder Gleims. Auch für die kleineren Lieder haben Gleims anakreontische Gedichte überall als Muster vorgeschwebt. Wenn sich auch wirkliche Anlehnungen nicht nachweisen lassen, so zeigt sich doch im beständigen Spiel mit den gleichen Motiven die unverkennbare Einwirkung Gleims. Auch sonst ist Ewald bei den gleichzeitigen deutschen Anakreontikern, größeren und geringeren, in die Schule gegangen. Freilich die Einwirkung C. F. Palthens auf Ewald, die Kleist besonders hervorgehoben hat (vgl. Sauers Ausgabe der Werke Kleists, II. 201) ist recht gering, sie beschränkt sich höchstens auf gelegentliche Anleihen; so mag man z. B. in folgenden Versen Ewalds:

> Wenn ich Burgunder trinke
> So fliehen alle Sorgen

eine Entlehnung aus Palthen sehen (anakreontische Versuche, S. 10, No. 5.)

> Wenn ich den Saft der Trauben
> In Gläsern perlen sehe,
> So werd ich froh und fröhlig.

Auch das Motiv von der badenden Schönen mag Ewald aus Palthen haben (Palthen, anakreontische Versuche, S. 44. No. 38. Das Bad; Ewald S. 24 unsr. Ausg.), wofür auch die gleiche Überschrift beider Gedichte spricht. Freilich ist das Gedicht Palthens nur eine plumpe Nachahmung von Uzens Lied: Ein Traum (Lyrische Gedichte Berlin. 1749. S. 12). Uz selbst scheint auf Ewald einen größeren Einfluß nicht ausgeübt zu haben.

Die Epigramme Ewalds schließen sich in Form und Inhalt genau an die Epigramme Kleists an. Wir wissen, daß Kleist unsren Dichter zum Verfassen von Epigrammen angeregt und einzelne im Wetteifer mit ihm gedichtet hat, wie sich denn in den beiden zu Ewalds Lebzeiten veranstalteten Sammlungen auch vereinzelt Kleistsche Epigramme finden. So hoch man nun Kleists Einwirkung auf Ewald auch anschlagen mag, so läßt sich doch nicht bestreiten, daß auf diesem Gebiete Kleist unmöglich der richtige Führer sein konnte. Denn die Epigramme, die wir von Kleist besitzen, gehören zu dem Geringwerthigsten, was er hervorgebracht, sie sind fast durchweg ohne Witz und ohne Pointe, und so wurde es Ewald nicht schwer sein Vorbild zu erreichen. Es ist daher

in der That nicht schwer zu erklären, daß Kleist Ewalds Epigramme
hochhielt: er sah in Ewald seinen Schüler, der sich genau an die
Weisungen des Meisters hielt. Die gleichen Schwächen wie in Kleists
Epigrammen finden sich daher auch in denen Ewalds: auch hier fehlen
Witz und Schärfe, und häufig verwendete satirische Gedanken werden
breitgetreten. Dazu kommt, daß der Kreis der behandelten Gegenstände
überaus eng ist: einzelne Erfindungen kehren mit geringen Veränderungen
beständig wieder, so z. B. die Angriffe auf eine Dame, die sich schminkt
und andre Toilettenkünste gebraucht, um jünger zu erscheinen als sie
wirklich ist. Überhaupt war Ewalds poetische Erfindungskraft recht
gering, richtet er doch einmal gradezu an Nicolai die Bitte, ihm Einfälle
zu Epigrammen mitzutheilen, damit er dieselben verarbeiten könne. Auch
sonst haben Ewalds Freunde diesem namentlich bei der endgültigen
Redaktion seiner Gedichte vielfach beigestanden, so wurden einzelne
Epigramme und Lieder von Kleist verbessert, an Gleim sandte Kleist
einzelne Ewaldsche Gedichte mit der Bitte, sie durchzusehen, und der Aller-
weltsverbesserer Ramler hat seine Feile auch an Ewalds Gedichte gelegt.

*　　　*

Das Madrigal „nach Erfindung eines spanischen Dichters" (S. 31
unsr. Ausg.) geht zurück auf Quevedo's „A la bajada de Orfeo à los
infiernos." (Obras de Don Francisco de Quevedo Villegas. Poesias.
ed F. Janer. Madrid. 1877. S. 479). Ewald hat das Gedicht wohl
aus Weichmanns Poesie der Niedersachsen, 1721, Bd. I kennen gelernt,
wo es S. 307 zugleich mit einer Übersetzung von Brockes abgedruckt ist.
Daß Ewald thatsächlich aus Weichmann geschöpft hat, scheint mir aus
der Schlußstrophe hervorzugehen, welche im Spanischen lautet:

> Y aunque su mujer le dio
> Por pena de su pecado,
> Por premio de lo cantado
> Perderla facilitó.

Bei Brockes lautet die Übersetzung dieser Zeilen:

> Doch ob er gleich die Frau zur Straf ihm wieder gab,
> Nam er gleich wol, zum wol-verdienten Lohn
> Für seiner Lieder süssen Ton,
> Sie bald darauf ihm wieder ab.

Die Übereinstimmung, die Ewalds Gedicht mit Brockes zeigt, läßt
sich, da Brockes nicht wortgetreu übersetzt (Quevedo: er machte es

leicht sie zu verlieren; Brockes: er nam sie bald darauf ihm wieder ab; Ewald: So nahm er ihm sie plötzlich wieder.), wohl nicht anders erklären, als daß Ewald Brockes' Übertragung gekannt und benutzt hat. Quevedo hat den Einfall zweimal bearbeitet (vgl. E. Schmidt, Lessing I. 331.), in dem vorliegenden Gedicht und in einer längeren Fassung (gedruckt a. a. O. S. 224), von welcher Lessing die ersten Strophen übersetzt hat (Lachmanns Ausg. I. 207.)

Bei einer kritischen Ausgabe von Ewalds Gedichten hätte die Ausgabe von 1757 zu Grunde gelegt werden müssen. Da aber die erste Ausgabe so ungemein selten ist, entschlossen wir uns, von dieser einen Neudruck zu liefern und die neuen Gedichte der späteren Ausgaben als Anhang mitzutheilen. Die Ausgabe von 1755 ist genau wiedergegeben; nur die von Oriana Ecalldéa (s. o. S. VII und unten S. XIII) herrührenden italienischen Übersetzungen einzelner Ewaldscher Gedichte, welche das Buch beschließen, sind in unserer Ausg. ausgelassen. Die in der Ausg. enthaltenen Gedichte Kleists und Nicolais sind beibehalten und nur in dem Inhaltsverzeichniß mit den Buchstaben K. u. N. bezeichnet. Die Veränderungen, die Ewald in der Ausg. von 1757, zum Theil mit Ramlers Hülfe, der an der ersten Ausgabe wohl nicht betheiligt war, an den früheren Gedichten vorgenommen hat, im Einzelnen aufzuführen, schien uns nicht nothwendig. Zuweilen sind dieselben allerdings sehr einschneidend. So ist z. B. das Sinngedicht an den Emir (S. 12 unsr. Ausg.) in der Ausg. von 1757 folgendermaßen geändert:

Was du noch nicht verstehst, das rühm und tadle nicht,
Sonst wirst du mir der Stoff zu einem Sinngedicht.

Die nachweislich von Kleist herrührenden Gedichte der späteren Ausg. sind in unsrem Neudruck natürlich ausgelassen.

Unsre Absicht war durch Zusammenstellung alles dessen, was Ewald gedichtet hat, ein ungefähres Bild von seiner dichterischen Produktion zu geben. Ausgelassen sind nur seine Uebersetzungen aus Thomson (s. o.) und aus Theokrit (in den Briefen an Nicolai). ferner die Improvisationen an den Prinzen Heinrich und an Brandt, Archiv für Litteraturgesch. XIV. 25 ff., ferner die improvisirten Verse zur Hochzeit seines Freundes Patzke (in den Briefen an Nicolai). Die freilich sehr unbedeutenden Epigramme, die Ewald in seinen Briefen an Brandt mittheilt, ihres geringen Werthes halber auszuschließen, schien mir nicht berechtigt.

Ewald's Gedichte liegen in vier Ausgaben vor:

A. Die erste Ausgabe, deren Titel in unsrem Neudruck wiedergegeben ist, umfaßt 64 SS. in 8°, wobei die beiden Titelblätter mitgezählt sind. Die Vorrede, S. 1 unsrer Ausgabe, ist von Kleist verfaßt. Mit S. 56 schließt die Gedichtsammlung; von S. 57 beginnt die „italienische Uebersetzung einiger in dieser Sammlung befindlichen Lieder von Oriana Ecalidéa, Mitglied der arcadischen Gesellschaft in Rom." Die Übersetzungen, die in unsrer Ausg. nicht wiedergegeben sind, umfassen folgende Gedichte: An den König (S. 5 unsr. Ausg.), An die Rose (S. 17), Philinde (S. 6), Amors Irrthum (S. 10), An Doris (S. 19), Das Orakel (S. 8), Gebet an die Venus (S. 14), Der Trinker (S. 8). Exemplare dieser ersten Ausgabe besitzen Herr Prof. Sauer in Prag und das Britische Museum in London.

B. Lieder / und / Sinngedichte. / In zweyen Büchern. Darunter ein Stich: eine Muse sitzt in einer heiteren Landschaft und hält in der einen Hand eine Schreibtafel, in der anderen eine Feder, welche sie in ein Tintenfaß taucht, das ihr ein von ihr abgewandt auf Büchern sitzender Genius reicht. Andere Genien sitzen neben ihr, über ihrem Haupte schwebt ein Genius mit Lorbeerkranz und Posaune. 1757. (Walther Dresden.) 128 SS., das Titelblatt mitgerechnet. Ein Anhang gibt die Übersetzung der Hymne von Thomson. (Exemplare in der Kgl. Bibliothek zu Berlin, dem Britischen Museum in London und der Gleimschen Familienstiftung in Halberstadt). 8°.

C. Sinngedichte / und / Lieder / von / Friedrich (so!) Ewald. / Neue, verbesserte Ausgabe. / Berlin, / bei Karl Matzdorff 1791. 48 SS. 8°. (von Jördens besorgt. Exemplare auf der Kgl. Bibliothek in Berlin und der Gleimschen Familienstiftung in Halberstadt.)

D. Gedichte von / Friedrich v. Ewald / Vignette / Neue verbesserte Auflage / Dresden 1806. / In der Waltherschen Hofbuchhandlung. / 8° 66 SS. und Register. Im Wesentlichen Neudruck von C. mit Hinzufügung zweier Gedichte aus der Ausg. von 1757 und der Übersetzung der Hymne von Thomson. Der Text zeigt einzelne Abweichungen von C. (Exemplar auf der Kgl. Staatsbibliothek zu München.)

Die übrigen Gedichte sind entnommen:

Anhang, 1—11 aus dem Brief an den Stallmeister von Brandt

vom 12. April 1759. (Arch. f. Littgsch. XIV. 264 ff.), No. 12—14 aus
dem Brief von Nicolai vom 20. Oktober 1755 (13 bereits gedruckt in der
Neuen Berlinischen Monatsschrift XX. 271). No. 15 aus einem Brief an
Nicolai vom 16. April 1756, ebenfalls in der N. B. Monatsschrift
S. 272 gedruckt, aus der letzteren 16 und 17, No. 18 aus dem Brief an
Kleist vom 20. Juni 1750 (Sauer, Kleists Werke, II. 172) und zwar in
der ersten Fassung, da die in den critischen Nachrichten 1750, S. 275 ff.
gedruckte zweite Fassung von Ramler stark überarbeitet worden ist; die
Varianten des Druckes verzeichnet Sauer a. a. O.

Die beiden Kriegslieder nach den Briefen an Brandt vom 13. Nov. 1757
und 29. Jan. 1758 (a. a. O. XIII. 474 f. XIV. 256 f.) Die beiden
Gedichte sind in der ursprünglichen Gestalt ohne die Änderungen Kleists
gegeben, die Ewald allerdings bei der Mittheilung von No. 1 an Nicolai
angenommen hat. Nur die Verbesserung von No. 1. Str. 3, Z. 4. ist
aufgenommen auf Grund der Äußerung Ewalds Archiv XIV. 257.

Die geistliche Cantate aus dem Briefe an Brandt vom 16. Dec. 1757.
a. a. O. XIV. 253 f.

Die andre Cantate in dem Brief an Nicolai vom 4. Juni 1756.
Die unsre Ausg. beschließende Erzählung, die letzte Dichtung, die von
Ewald bekannt geworden ist, findet sich ebenfalls in den Briefen an
Nicolai, und zwar in einem Schreiben vom 26. April 1758.

In neuerer Zeit hat zuerst auf Ewald wieder aufmerksam gemacht
H. Pröhle in seinem Buche: Lessing, Wieland, Heinse. Briefe
Ewalds an Brandt, Gleim und Ramler mit sehr schätzenswerthen Er-
läuterungen sind von Lier, Werner und Schüddekopf im Archiv für
Litteraturgesch. XIII. 448 ff. XIV. 250 ff. veröffentlicht. Sauers Ausgabe der Werke Kleists bietet ebenfalls ein reiches und wohlgeordnetes
Material. Die Abhandlung Nicolais in der Neuen Berlinischen Monatsschrift XX. 227. enthält zwar einzelne Übertreibungen (s. o.), ist aber
trotzdem mit zu den wichtigsten Zeugnissen über Ewald zu zählen.

Die Interpunktion, die namentlich in der ersten Ausgabe manches
Eigenartige bietet, mochte ich eben um deswillen nicht nach den jetzt
herrschenden Regeln umgestalten; es ist daher nur in wenigen Fällen
gebessert worden, wo ein Versehen beim Niederschreiben oder beim Druck
mit einiger Sicherheit anzunehmen war. In der Orthographie dagegen
ist bei der Ausgabe von 1755 eine Änderung durchgeführt worden.
Die Ausgabe ist mit lateinischen Lettern gedruckt worden und verwendet

im Inlaut für unser ß immer ſſ, während im Auslaut das ß beibehalten wird. Hier habe ich den jetzigen Schreibgebrauch durchgeführt und ß im Inlaut überall da eintreten laſſen, wo es jetzt gebraucht wird.

Es wurden folgende Veränderungen getroffen: S. 5 vorl. Z. (Or. S. 15) nach braun Punkt für Fragezeichen des Or. — S. 7 vorl. Z. nach freyer findt Komma für das Semikolon des Or. S. 19. — S. 12 nach der Überſchr. Das Bedünken fehlt im Or. S. 28 der Punkt. — S. 17 in Euclid und Pyrrho Z. 1 das Komma nach Frau geſtr., Or. S. 40. — S. 18 Alcippus, Z. 5 geschicht in geschleht verwandelt wegen des folgenden geschiehet, Or. S. 42. — S 20 X und Y in der Überſchr. für umd des Or. S. 46. — Auf derſ. S. frag und Antwort Z. 2 nach gedacht Anführungsſtr. ergänzt. — Auf derſ. S. Chryſip Z. 1 nach geht Komma für den Punkt des Or. S. 47. — S. 22 Z. 1 nach worden Fragez. für das Ausrufungsz. des Or. S. 49. — Auf derſ. S. Z. 6 nach wohnen Komma für das Ausrufungsz. des Or. S. 49. — S. 24 Lied des Anacreon Z 4 u. 5 v. u. Kommata ergänzt, Or. 54. — S. 25 Z. 5 Komma des Or. 56 nach wenigen geſtr. — S. 27 Dorilis Z. 2 nach Manschetten Komma für den Punkt des Or. S. 14. — S. 31 A. d. Alban Z. 1 nach Trismegiſt Komma erg., Or. 51. — S. 32 Daphnis Grabschrift Z. 2 nach dient Komma für den Punkt des Or. S. 56. — S. 33 Z. 2 das Komma nach ihn, S. 64 des Or. geſtrichen. — S. 34 Z. 2 nach für ihn das Komma des Or. S. 64 geſtr. — S. 36 Z. 2 Concert für Comet, Or. S. 87. — S. 40 Z. 5 nach ſtöhrt Komma für den Punkt des Or. S. 119. — S. 42 Nr. 5 Z. 6 beruht das unſinnige Beilam offenbar auf einem Leſefehler des Abſchreibers; was an der Stelle geſtanden hat, iſt ſchwer zu entſcheiden. „Bacchum“, woran man dem Sinne nach zuerſt denken möchte, ſcheint mir deshalb ausgeschloſſen, weil eine Verleſung in „Beilam“ bei dieſem Wort nicht wohl anzunehmen iſt. Bei den hſ. Stücken iſt folgendes geändert: S. 45 Z. 1 ſind die beiden Kommata ergänzt, ebenſo S. 52 Z. 3 v. u. nach Hertz und Liebenden, ferner die Kommata in Z. 2 u. 1.

Es erübrigt dem Herausgeber nur noch, dem Herrn Prof. Sauer in Prag, der ihm die in ſeinem Beſitze befindliche erſte Ausgabe der Sinngedichte Ewalds auf längere Zeit zur Benutzung überließ, hiermit auch öffentlich ſeinen Dank auszuſprechen.

Georg Ellinger.

Register.

Sinn Gedichte,

in

zwey Büchern.

Ubi quid datur oti
Illudo chartis.

Horat.

BERLIN, 1755.

An meinen Vater.

Du, deſſen Lächlen mir die Thorheit oft verrieth,
Die itzt mein ſchärfrer Blick in mir und andern ſieht;
Mein Urbild, deſſen Ernſt mich Tugend fühlen lehrte,
Die ich zwar ſpät begriff, doch durch dich früher ehrte;
  Hör an, wie dir mein Lied auf Satirs Flöte klingt,
Daß Kleiſt und Gleim gehört, und Thoren niedrig dünckt.
Mein erſter Ruhm iſt, wenn ich Vater dir gefalle.
Du lobſt mich ohne Liſt, und ſchiltſt mich ohne Galle.

Vorrede.

Man übergiebt dem Leſer hiermit eine kleine Sammlung
Sinngedichte. Wenn Kenner ſie gut finden, wird ſie dem
Verfaſſer groß dünken, und dieß wird ihn aufmuntern, ent=
weder darinn fortzufahren, oder in andern Arten der Poeſie
Verſuche zu machen. Es ſind ſchon einige Lieder in dieſe
Sammlung mit eingeſchaltet worden, welches man nicht
übel deuten wird; man hat auf dieſe Weiſe mehr geliefert
als auf dem Titel verſprochen. Haß und Verläumdung
haben übrigens an der Verfertigung dieſer Sinngedichte
keinen Antheil gehabt, ſondern Jugend und Freude. Solte
aber jemand, gewiſſe Züge auf ſich ziehen, ſo wird dieſes
dem Verfaſſer angenehm ſeyn. Er wird ſehen daß er die
Natur getroffen habe.

Der Herausgeber.

Sinn Gedichte,
Erstes Buch.

Wünsche.

Max wünscht sich Rang, Star wünscht sich Macht,
Scot wünscht, daß nur sein Fürst ihm lächle,
Pedrill, daß ihn sein Mädchen fächle,
Und Thrax folgt Hunden auf die Jagd;
Cham will ein schallendes Gerüchte
Und ich ... nur hundert Sinngedichte.

Vitell.

Vitell klagt den Verlust von seinem lieben Weibe,
Und schließt sich abgehärmt, in seinem Keller ein,
Und säufft sein letztes Fäßchen Wein,
Damit kein Trost ihm übrig bleibe.

Grabschrift des Harpax.

An dieses Goldbergs Fuß liegt Harpax, der so karg
Als dieser Berg sein Gold verbarg;
Du darfst o Wandrer! nicht sein Grab mit Thränen netzen
Er war nicht mehr als dieser Berg zu schätzen.

Mamurr und Tibull.
Mamurr.

Du reizest den Zoil zum Zorn Tibull du bist sehr kühn!
Tibull.
Mein Koch versöhnet ihn.

Phrynens Klage.

Lubin der Thor,
Redt mir ohn Unterlaß von seiner Liebe vor;
Er glaubt: ich sey nur Ohr!

Der Trinker.

Es hebt Vitellius den Becher in die Höh,
Trinkt einen langen Trunk, ruft: Evan Evoe
O Stifter aller Lust! schenkt schäumend wieder ein.
Flicht Epheu um sein Haar und Ros' und Mirten drein,
Trinkt, ruft: o Evoe du kühlst mein heiß Gehirn,
Ich fühle Kraft und Muth und Hörner an der Stirn,
Er trinkt, hüpft wie ein Bock; die Laube dreht sich um,
Er sieht zwee Monden gehn, sein schlaffer Leib wird krum,
Er trinkt; sieht Bachus Schaar, hört seine Priester schreyn:
O Mann und Kind zugleich, Lenaee, o Hyeu,
O Pan, o Indier, Evasta, Ligyreu!
Sie trommeln: und er tanzt, wankt, taumelt, lallt, schläft ein.

Corvin.

Man sagt, Corvin ist reich, und preist ihn aller Orten!
Hilft er den Armen auch? ja wohl, ... mit schönen Worten.

An Canidien.

Canidia! es trügt der Früling deiner Wangen;
Du nicht, dein Krämer macht uns Lust;
Auch sah ich neulich deine Brust,
Haar, Zähn' und linkes Aug' in seiner Bude hangen.

An den Mond.

Wo bleibt o Mond dein Licht
Da ich im Dunkeln voll Verdruß
Auf Chloen lange warten muß,
Sie komt; o scheine nicht!

1 *

Junker Fritz.

Wie ist doch unser Junker Fritz den Hunden so gewogen?
Im Ofen schlafen er und sie, wie sie wird er erzogen.

Der Vater an den Sohn.

Was quälst du dich mein Sohn, und wilst nur stets studiren?
Zur Wissenschaft will ich dich beßre Wege führen!
Nimm dir den Bayl' und ließ und blättr' ihn hin und her,
Ließ weiter nichts als ihn, denn sprich die Creutz die Queer
Vom Anaxagoras, Atlas, Hegesias,
Anta ... Prota ... Pytha ... und Aristagoras,
Vom Mydas, Critias, Hylas, Pausanias,
So wirst du überall als ein Orakel sprechen,
Und es am Othem dir eh' als am Ruhm gebrechen.

La Rose.

La Rose nahm ein Buch des Leibnitz in die Hand,
Und schallt die Deutschen dumm, als er es nicht verstand.

Emil.

Man sagt, Emil wird sich an Lesbien vermählen;
Die junge Braut sey reich, und schön ihr Angesicht,
Sie sey aus gutem Hauf' und Witz soll ihr nicht fehlen.
Von Tugend hört man nicht.

Stax.

Stax singt mir seine Lieder vor,
Und brüllt in mein erschrocknes Ohr,
O Alpenwürdiger Gesang!
Mir schmerzt das Ohr acht Tage lang.

Auf den Freyherrn von Wolff.

Gott sprach: Die Sonne sey; die Welt fiel ins Gesicht;
Gott sprach: Wolff sey; es ward in allen Seelen Licht.

A. und X.

A. Du haſt den Grill für dumm geſcholten? dieß rächt er
für und für.

X. Betrüger hab ich ihn genennet.
A.   o das vergiebt er dir!

An den Marius.

Du rühmſt dich Marius, der Fehler großer Männer;
Und haſt doch ihre Tugend nicht?
Bin ich ein Menſchenkenner:
So duldt man jene wohl und flieht dich Böſewicht.

An den Koenig.

Du bringſt die goldne Zeit zurück, o Held! wie nenn ich dich?
Seſoſtris, Cyrus, Antonin? Nur ſich gleicht friederich!
Du drohſt: der Erdenkreis erſchrickt, und läßt dich Sieger ſeyn:
Du lächelſt: Künſte drängen ſich zu deinen Thoren ein;
Denn wirſt du uns Apollo ſelbſt, Theſſaliſch deine Flur,
Und Wahrheit und Gerechtigkeit betritt die alte Spur.

An den Sophos.

Du haſt nun lange ſchon den Cicero citirt,
Und was einſt Plato ſchrieb uns zu Gemüth geführt;
Ihr beyder Geiſt hat uns viel ſchönes vorgebracht!
Doch Freund erlaube mir! haſt du denn nie gedacht?

An den Medor.

Die Seelenwandrung muß Medor wohl möglich ſeyn;
Dein Körper, ſieh! iſt groß, und deine Seele klein.

An Cynthien.

Du zeigeſt uns denſelben Kopf bald weiß, bald ſchwarz,
bald braun.
Wie trägſt du denn dein eigen Haar, und wenn darf ich
dir traun?

Elpin und Iris.

Elpin und Iris sind ein Muster guter Ehen;
Schlöß Iris einst der Himmel ein;
So möcht Elpin, um seelig sich zu sehen,
Mit Freuden in der Hölle seyn.

Philindr.

Wenn mich Philinde fliehet,
Weil ich von Liebe rede,
So greif ich nach der Flöte,
Und spiel ein Lied von Liebe;
Denn kehrt Philinde wieder
Und seufzt wie meine Flöte.

An den Amyntas.

Du sagst, daß meine Zunge stammle, das war mir längst bekannt;
Amyntas! weist du dieses auch? es stammlet dein Verstand.

Daphne.

Es ist der nahe Wald
Der Musen Aufenthalt;
Es ist die Wiese hier
Der Flora Lustrevier;
Schön singt im tiefen Thal
Ihr Lied die Nachtigal;
Schön fließt die Havel dort
Um kleine Inseln fort;
Doch nichts dünkt mir so schön
Als jene heitre Höhn,
Da seh ich Daphnen gehn.

An Orianen.

Apelles hätte seine Farben mit deinen gern vertauscht!
Dein Pinsel schaft die Sonn'; es taget: den Wasserfall;
er rauscht.

An die Leda.

Du gehst verlarvt aufs Carnaval? um nicht erkannt zu seyn
So wasch nur Leda dein Gesicht von aller Schminke rein!

Der Schäfer zu dem Bürger.

Du schläfst auf weichen Betten, ich schlaf auf weichem Klee,
Du siehest dich im Spiegel, ich mich in stiller See;
Du trittst auf Fußtapeten, ich tret' auf sanftes Graß;
Dich tränken theure Weine, mich tränkt ein wohlfeil Naß;
Du wohnst in bangen Mauren, ich wohn auf freyer Flur;
Für dich mahlt Pesn' und Hempel, für mich mahlt die
Natur;
Du bist oft siech für Wollust, ich bleibe stets gesund;
Dich schützt für Geld ein Schweizer, mich schützt mein treuer
Hund;
Du schlummerst ein bey Sayten, ich bey dem Wasserfall;
Du hörst Castrat und Geiger, ich Lerch und Nachtigal;
Dein Auge sieht oft finster, das meine bleibet hell;
Dein Mädchen glänzt von Schminke, mein Mädchen glänzt
vom Quell!

An den Licin.

Wie du mein Sinngedicht erklärst Licin! so ist es dein;
Doch wie mans ohne dieß versteht Licin! so ist es mein.

Grabschrift des Protesilas.

Protesilas ward hier begraben; er reiste durch die ganze Welt,
Bis er aus Neugier selbst gen Himmel die lange Reise angestellt.

An Messalinens Tochter.

Die Schuld, daß sich o schönes Kind!
Aus unsern Jünglingen zu dir kein Freyer findt,
Ist: daß sie deine Väter sind.

Das Orakel.

Ein Wald lud mich in seine Schatten
Ich irrte drin in krummen Gängen
Und plötzlich sah' ich Daphnen kommen.
Ich schlüpft in eine hohle Eiche
Und hörte aus der hohlen Eiche
Was Daphne mit sich selber redte;
Sie sprach: ach könnt ich Mittel finden
Den Mund des Thirsis zu verschließen,
So offt er mich um Liebe flehet!
Schnell rief ich in dem Schooß der Eiche
Nicht anders als Orakel sprechen:
Dein Kuß wird Thirsis Mund verschließen!

An den Maximin.

Daß Lucius o Maximin! dein Kind so liebreich drückt,
Ist: weil er deiner Frau und sich nichts ähnlichers erblickt.

Lygdamis.

Als neulich Lygdamis die hohe Schul verließ,
Und eine junge Frau sein artig Wesen prieß,
Sprach er entzückt: Madam' in commendationem,
Rogo accipias hanc dissertationem!

Amor.

Mein Pfeil besiegt die stärksten Götter, und alle Helden
         scheuen mich;
Nur zwey sind stärker noch als ich:
Minerv' und Friederich.

An Glyceren.

Glycere komm auf grüne Fluren!
Da sind des goldnen Alters Spuren;
Da herscht die Liebe fern vom Neid,
Da macht das Herz den Unterscheid.

Sieh wie die Zweige lieblich winken,
Wodurch itzt träge Bäche blinken!
  Komm, komm in jene Rosenhecken
Dich für die Mutter zu verstecken!
Des Amors Blume blüht nur dir,
Dort singen wir, dort küssen wir;
Wir wollen einsam dort in Gründen
Den Himmel zwischen Rosen finden.

Philinde vor dem Nachttisch.

Ihr Reize nahet euch! Philind ist schon erwacht,
Ihr Liebesgötter schlüpft in ihre Morgentracht,
Naht euch ihr Jünglinge! doch nehmet euch in acht,
Daß euch der Gott der aus dem Busen lacht,
Wie mir nicht tiefe Wunden macht!

Themire.

Du siehst auf diesem Elfenbein Themirens himmlisches Gesicht,
Die blendend weiße Brust die kleine runde Hand
Und bist in sie schon itzt entbrannt?
Du siehst noch ihren Geist und ihre Tugend nicht!

An den Tacitus.

Du redest nicht ein Wort wenn du bey Menschen bist
Du redst wohl destomehr, wenn niemand bey dir ist?

An Iris.

Komm Iris unter Buchen
Ein labend Kühl zu suchen!
Mich schmelzt der Sonnenstrahl
Noch mehr der Liebe Quaal.
Doch hör' nah' im Gebüsche
Tönt ein verliebt Gezische,
Wenn dich der Laut nicht schreckt,
Sind wir dort mehr bedeckt!

An den Tongil.

Daß ich, als ich dich fah, nicht gleich den Huth gezogen
Und mich nicht tief vor dich gebogen,
Ist was dich so verdrießt?
Tongil! man hat zwar oft dein Kleid, doch dich noch nie
gegrüßt.

Vorzug der Schweiz.

Ein junger Zürcher kam
Voll Stolz und Politik jüngsthin nach Amsterdam,
Und sahe Käse zubereiten.
Er kostet' ihn mit eklem Zahn und rief: was will man
lange streiten,
Daß unser Land an Witz und Wissenschaft nicht jedes Land
besiege!
Hier ist Verstand noch in der Wiege!

Alcander.

Man sehe doch die List!
Alcander will einfältig scheinen, da er einfältig ist.

Lupa.

Des Lupus Frau ist oft zerstreut, und denn .... die Gleich-
heit trügt;
Jüngst hatte sie sich bey der Nacht zu ihrem Sohn verfügt.

Amors Irrthum.

Jüngst sah ich Phyllis tanzen
Und fieng sie an zu lieben.
Ich rief den nahen Amor
Und sprach: Verwunde Phyllis
Damit mich Phyllis liebe!
Der Blinde nahm den Bogen
Und schoß und traf die Mutter;
Nun liebt mich ach! die Mutter!

Macrus.

Es schenkt mir Macrus schlechten Wein
In einen goldnen Becher ein,
Damit die Farbe mir nicht soll verdächtig seyn;
Wie aber Macrus, glaubst du wohl
Daß ich vom Glanz des Bechers voll,
Auch den Geschmack verlieren soll?

Hirpin.

Camill schweift aus im Leide,
Thersander in der Freude,
Hirpin lacht dieser Seltenheit
Und ist ein Narr in Freud' und Traurigkeit.

Tantalus.

Wolt' einstens in der Hölle
Mich Minos grausam strafen,
Weil ich zu viel geküsset;
So müsten schöne Mädchen
Sich meinem Munde nähern
Und meinem Arm entfliehen,
Wenn ich sie küssen wolte.

Auf den Turpill.

Turpill von edlem Ehrgeitz voll, ist außer sich sein Lob
zu hören.
O Himmel gönn' ihm doch die Lust mit langem Ohr es
anzuhören!

Bathyll.

Bathyll schreibt für die Ewigkeit,
Wird ihn sein Vorsatz ewig machen?
Ich brauche besser meine Zeit,
Ich schreib' um über ihn zu lachen.

An den Emir.

Was du noch nicht verstehst, das table nicht so sehr,
Ich zehle sonst Emir, ein Sinngedichte mehr.

Der pflügende Amor dem Moschus nachgeahmt.

Laß es auf diese Furchen regnen, die du o Zevs mich
ziehen siehst!
Du zauderst Zevs? Wenn du den Regen mir eine Stunde
noch entziehst
So scheue mich, scheu diesen Pflug, aufs neue mach' ich
dich zum Stier
Und spanne dich dafür!

Das Bedünken.

Wenn ich Burgunder trinke
So fliehen alle Sorgen,
Dann dünk' ich mich ein König
Und lasse Praag erobern,
Und Schiffe gehn nach Westen
Und hohlen für mich Reichthum.

Der Sturm.

Es wird auf einmahl Nacht, die Winde heulen laut,
Und Himmel, Meer und Grund wird wie vermengt geschaut.
Das Schiff fliegt Sternen zu, stürzt wieder tief herab,
Läufft unter Wellen fort, sieht um sich nichts als Grab,
Hier blitzt, dort donnert es, der ganze Aether stürmt,
Die Fluten sind auf Flut, und Wolk auf Wolk gethürmt,
Das Schiff zerscheitert itzt, und mir . . . . ist nichts geschehn,
Weil ich dem Sturme nur vom Ufer zugesehn.

Chloris.

Ich wünschte Chloris Hand zu küssen
Sie aber reicht voll Eigensinn
Mir ihre breiten Lippen hin
Und läßt mich theuer büßen.

An Perillen.

Perillens Glanz kan Phoebus Glanz nicht gleichen,
Und Venus Reiz kan ihren nicht erreichen.
Es wehen Zephirs wo sie geht,
Es sprießen Blumen wo sie steht,
Perille kann mit halben Blicken
Der sprödsten Männer Herz entzücken.
Sie singt: die Wälder folgen ihr,
Sie ist der ganzen Erde Zier,
Sie ist . . . . . o heßliche Perille
Wie schweigst du doch zu solchen Lügen stille!

Unterricht des jungen Barchus.

Nachahmung einer Dithyrambe des Herrn von Cagliazucchi.

Bachus.

Und wie kan man Silen! doch immer durstig seyn?

Silen.

Wir sind schon so gemacht mein Sohn! der Magen hält
nicht Wein.
Sieh nur das Spiel der Knaben dort!
Wie durch Hollunder den sie ausgebohrt,
Ein Pfropf den andern treibt, so treibt ein Glaß das
andre fort.

Sinn Gedichte,
zweytes Buch.

An den Altolph.

Du schreyst: es könn' ein Timon nur wie ich von Fehlern
sprechen;
Das weiß ich nicht, dieß weiß ich wohl,
Daß wenn man Tugend üben soll,
Man sie mit Eifer darff an deinen Lastern rächen.

Calliodor.

Man sagt, Calliodor sey magrer als Voltair;
Nun glaubt der arme Tropf sich klüger noch als er.

Die Rose in der Knospe.

Aurorens Kind du junge Rose du
Was schließt du noch die volle Knospe zu?
Es scheint du scheust das rauhe Wetter
Und hütest drum die zarten Blätter,
Wie Dorilis wenn sie ein Lüfftchen schreckt,
Den jungen Busen deckt.

An den Crispin.

Kanst du mit Ironie dein eigen Lob uns sagen,
Denn wollen wir Crispin, denn wollen wirs ertragen!

Gebeth an die Venus nach dem Moschus.

O leite schönste Venus,
Die du am Himmel wachest,

Die Schritte deines Schäfers,
Der itzt Dorinden suchet!
Ich geh nicht aus zu rauben,
Und denke nicht zu tödten,
Mich treibt allein die Liebe,
Auch du suchst was du liebest.

Die Biene.

O Biene, stichst du Doris Brust,
Den Sitz des Reizes und der Lust?
Wilst du vielleicht die Spröde stechen,
Um meine Quaal an sie zu rächen?
Doch nein ich seh, du willst durch Doris Hand verderben
Und glücklicher als ich auf ihrem Busen sterben.

Der Gerechte
nach dem französischen.

Es sündigt siebenmahl des Tages der Gerechte,
Sprach auf der Kanzel einst ein Sohn des Loyola.
Des Tages siebenmahl? rief eine Alte, Ha
Wo lebt wohl der Gerechte!

Grabschrift des M.*

M.* der noch dacht' und liebt' als er verschied,
Liegt hier; er war nur Kopf und männlich Gl . . .

An einen Naturforscher.

Du suchst die Größ' und Zahl von jenen Wandelsternen,
Die sich um eine Sonne drehn
Und zwischen tausend Sonnen gehn;
Und dünkst dich groß? du wirst wie klein du seyst, wohl
lernen.

Der Zank.

Der große Streit Atridens,
War mit dem Sohn der Thetis,
Um ein geraubtes Mädchen.
Wenn ich mich einmahl zanke,
Zank' ich mich um ein Mädchen.

Thrax.

Seit Thrax sein Amt erhielt, verlohr er sein Gesicht;
Er kennt nun keinen Freund und kennt sich selber nicht.

An den Fabull.

Du spottest über den Voltair
Und bist von aller Einsicht leer?
Daß ein Voltair dein Lob entbehrt,
Fabull! ist er vollkommen werth.

An Sylvien.

Sonst liebt ich zwanzig lose Mädchen:
Charlottchen, Dorchen, Justchen, Kätchen,
Louischen, Lenchen, Wilhelminchen,
Concordchen, Hannchen, Carolinchen,
Neun Mühmchen und zuletzt Christinchen,
Nun ist mein ganz Serail dahin
Und du bleibst meine Sultanin!

Semire.

Semire trägt den runden Arm mit Kanten leicht bedeckt,
Und hinter einem dünnen Flohr
Hebt sich ihr Busen sanfft empor,
Doch ihr Gesicht liegt unter Roth versteckt!

An einen einfältigen Helden.

Es werden deine Heldenthaten,
Einst in die lange Nacht gerathen,

Die Muse sieht und rühmt sie nicht;
Du hast des Löwen Muth und Stärke,
Wie Cesar thust du Wunderwerke,
Nur, daß dir Cesars Kopf gebricht!

An den Lycidas.

Du wilst o Lycidas ein Autor soll dich lieben?
Allein o Lycidas hast du auch was geschrieben?

Mucius.

Ein jeder der dich sieht wird dich aus Mitleid fragen:
Wo kömmt dir Mucius! die blasse Farbe her?
Was frägt man? Mucius läßt lieber seinen Magen,
Als seinen Beutel leer.

Euclid und Pyrrho.

Euclid.

Du glaubst es bleibe keine Frau dem Ehemann getreu?
Nimm wenigstens die Eva aus! die blieb es zweifels frey.

Pyrrho.

Als Zwang ihr noch für Tugend galt, blieb sie wohl
engelrein,
Doch, da ein Sohn ihr mannbar ward, mocht' ich nicht
Adam seyn.

An die Rose.

Ich liebe dich o Rose!
Du Königin der Blumen,
Und mag dich gerne pflücken;
Doch, pflückt' ich dich vom Stamme,
So stächen mich die Dornen;
Darum pflück' ich dich lieber
Vom Busen schöner Mädchen,
Da stechen keine Dornen!

Die Verführung.

Das erste Weib ward durch den Teufel,
Durchs Weib der erste Mann verführt;
Seitdem hat stets die Frau der Teufel,
Die Frau den Mann regiert.

Über den Tadel eines großen geistlichen Redners, der seine Reden laß.

K. will ein Redner seyn? er ließt ja was er spricht;
So reden würd ich auch! So schreiben? Nein das nicht!

An den Cautus.

Du zwingst mir dein Geheimnis an,
Und denn verfolgst du mich?
Glaubst du daß ich nicht schweigen kan?
So zürne wieder dich!

Alcippus.

Alcippus öffnet seinen Mund und will uns neue Weisheit
lehren:
Wer Weisheit schätzt der eil und kom ihn anzuhören!
Er hustet laut und spricht: des Leibnitz Sätze stoß' ich um,
Und mache seine Schüler stumm,
Und sage wieder ihn: Was in der Welt geschieht, geschiehet
ohne Grund!
Aus welchem Grund' o großer Mann willst du was du uns
lehrst beweisen?
Entdeck ihn uns! damit wir dich so viel wir sind mit
Grunde preisen.
Alcippus hustet noch einmahl und öffnet seinen Mund
Und wiederhohlt: es ist kein Grund.

Codrus.

Wenn Codrus in der Still' an seine Titel denckt
Bewundert er wie Gott das Hertz der Fürsten lenkt.

An Doris.

Was helfen Doris! dir, die heiter blühnde Wangen,
Der Lippen stiller Reitz, die schön gewölbte Brust,
Das Haar wo Zephirs sich in blonden Locken fangen?
Du scheuchst die Grazien, den Amor und die Lust.
Vergeblich hat Natur dir Schönheit beygeleget,
Wenn sie dir nicht Gefühl im Lenz der Jahre giebt;
Wenn nicht die Zärtlichkeit den jungen Busen reget,
Blühst du den Blumen gleich die nur das Auge liebt.

Philindens Kuß.

O welchen Kuß empfing ich von Philinden
O Kuß, o Lust, in der ich mich verlohr!
Solt' ich so großen Schmertz o Himmel, einst empfinden!
So tödte mich zuvor!

Die reiche Phyllis an ihren Freyer.
Der Freyer.

O Phillis gieb mir deine Hand, die mir auch leer gefällt,
Dein Hertz ist mehr als Kronen werth, mehr als die gantze
Welt!

Phyllis.

Mein junger Herr! sie dencken schön und schielen nur nach
Geld.

An die geschminckte Chloris.

Des morgends bist du blaß und alt,
Des abends jung und roth,
Bist du denn weder jung noch alt,
Und weder blaß noch roth?

Grabschrifft des Pandolfs.

Ihr Krähen, Eulen, Geier, Raben,
Klagt hier und schreyt! hier liegt Pandolf begraben,

2*

Der eurem Schnabel jüngst entgieng,
Als er sich selbst erhieng.

Alexander der Große.

Bewundert doch des Alexanders Herz!
Es war so groß als seines Volckes Schmertz.

Dulcin, Corinne.

Corinne.

Dich lieb ich stets Dulcin, doch sey auch niemahls kalt!

Dulcin.

Corinne nein; jedoch, wirst du auch niemals alt?

Ruffin.

Es glaubt Ruffin, er sey mein Held,
Weil ich offt seiner Meinung bin;
Wenn deine Meinung mir gefällt,
Ruffin, so folg ich meinem Sinn!

X und Y.

Uns stehen alle Häuser offen, und alle Tafeln sind uns frey,
Man nährt in mir, den Eulenspiegel, in dir, die Schmeicheley!

Frag' und Antwort.

Du hast in langer Zeit kein Sinngedicht gemacht?
„Ich habe nicht an dich gedacht!"

Chrysip.

Daß Chrysip behutsam geht,
Daß er langsam spricht und dencket,
Daß ihr ihn offt zehlen seht,
Daß ihn Schertz und Freude kränket,
Daß er stets sein Gold bewacht,
Daß er jährlich küßt und lacht,
Glaubt er, komme vom Verstande, da es doch sein Alter macht.

Fragen.

Du frägst, warum im Frühling
Nicht gleich die Rose blühe?
Warum die Nachtviole,
Nicht auch bey Tage duffte?
Warum den gantzen Sommer
Nicht Philomele singe?
O Doris, frage lieber
Warum ich dich nicht küsse?

Grabschrifft eines Schläfers.

Dies Grabmahl deckt den gröſten Schläfer, der nie genug
geschlafen hat,
Der Tod war selbst ein Schlaf für ihn; Er schlafe sich denn
einmahl satt!

An den Lirip.

Daß man, wenn man dich sieht, stets den Lavendel riecht
Licip! ist dazu gut, damit man dich nicht riecht.

An Eglen.

Du giebst dir Egle Müh die Sommersprossen zu vertreiben?
Du bist vergeblich klug!
Zwar wirst du minder heßlich bleiben,
Allein, noch heßlich gnug.

Miren.

Miren wohnt schön, doch alles Hausgeräthe
Das um ihn glänzt, Tisch, Spiegel, Stühl und Bette,
Tapet, Gemähld und Schrank und alles ist nicht sein . . . .
Ich mag bey mir nicht fremde seyn!

Die Heiligkeit der Eichen.

Jüngst sprach ich mit den Eichen,
Und frug: Warum ihr Eichen,

Seyd ihr geheiligt worden?
Drauf zitterten die Wipfel,
Und sieh ein braunes Mädchen,
Sprang aus der nächsten Eiche,
Und rief: Der Nymphen wegen
Die in den Eichen wohnen,
Sind sie geheiligt worden:
Nun ehr ich alle Eichen!

An Lycon.

Sieh dort im melancholschen Wald
Das Bild der Sonn' im Teiche schwimmen,
Sieh jener Schäferin Gestallt
Und hör der Vögel süße Stimmen
Und wie der Bach in Felsen lermt
Und buntes Vieh auf Wiesen schwermt,
Wer blieb' o Lycon hier nicht stehen,
Sich satt zu hören, satt zu sehen!

Der Wiederspruch.

Als neulich mir ein Weiser,
Den Wiederspruch erklärte,
Sprach ich: ist das nicht einer?
Wenn Iris mit mir zürnet,
Daß ich sie jüngst geküsset,
Und itzt noch immer zürnet,
Daß ich sie nicht mehr küsse?

Olympia.

Ein Ungewitter tobt bey stiller Mitternacht,
Der nahe Himmel zürnt, Olympia erwacht,
Sie flieht in Damons Bett, bewundert ihren Witz!
Hier hört sie keinen Schlag, hier sieht sie keinen Blitz.

Das Kind und die Mutter.

Das Kind.

War denn der Herr mit dem ihr giengt,
O liebe Mutter todt?

Die Mutter.

Mein Kind! er lebt, ist jung und roth;

Das Kind.

Ach Mutter nein, er stinkt!

Der Prälat und die Haushälterin.

Der Prälat.

Sie sind mir viel zu theur mein Engel, zur Haushälterin,
Zehn Thaler wöchentlich! ich laß mich nicht bethören!

Die Haushälterin.

Hochwürdger wissen sie, daß ich unfruchtbar bin?

Der Prälat.

Ha! dieser Umstand läßt sich hören!

Die fliehende Daphne.

Vor dem ihr folgenden Apoll floh Daphne schüchtern her,
Der Gott der Musen rief mit ängstlichem Geschrey:
Flieh nicht o Nymph' ich bin der Gott der Arzeney!
Da flohe sie noch mehr.

Die schlafende Philaminde.

Wie sanfte schläft in Blumen hier,
Die unschuldsvolle Philaminde!
Sie lächelt selbst im Schlaf, o weckt sie nicht ihr Winde!
Sie träumt vielleicht von mir!

Jren.

Jren denkt stark und schön, in ihm ist lauter Licht,
Er ist beherzt, gerecht, doch liebenswürdig nicht,
Sein strenger Ernst der ihn mit Runzeln überzieht,
Macht daß ihn jeder ehrt, bewundert, rühmt und flieht.

23. Lied des Anacreon.

Wenn Sterblichen ihr Leben
Durch Reichthum länger würde
So häufft' ich selber Schätze
Und wenn der Tod denn käme,
Gäb' ich ihm Gold damit er
Mich leben ließ' und gienge.
Doch da wir nicht das Leben
Durch Gold erkauffen können,
Da mich der Tod nicht schonet,
Was gräm' ich mich, was seufz' ich?
Was soll mir Gold und Reichthum?
Viel lieber will ich trinken,
Die besten Weine trinken,
Ich will mit Freunden lachen
Und auf dem sanften Rasen
Ein schönes Kind umarmen.

An den Mopsus.

Du dünkst dir seltsam klug, und schreyst Verstand sey rar!
Ein Dudentopf wie du, wird der Verstand gewahr?

Das Bad.

O Himmel welch ein reizend Weib
Seh' ich im Teich sich baden!
Die Fluth verräth den schönsten Leib;
Ists eine der Najaden?
Solt' es Salmacis selber seyn
So muß ich in den Teich hinein!

Franz.

Franz will daß ich mehr Sinngedichte schreibe
Zu seiner Luft, zu seinem Zeitvertreibe
Im Podagra; und meint: man rühme sie.
Franz! deinen Beifall wünscht ich nie,
Der Ruhm von wenigen belohnet meine Müh.

Die neuen Gedichte der Ausgabe von 1757.

Lieder und Sinngedichte.   In zweyen Büchern.

Erstes Buch.

Albus.

Spricht Albus nur ein Wort, so gähnt Witz und Verstand;
Hingegen spielet er uns auf dem Flügel vor,
So ist er nichts als Geist und wir sind nichts als Ohr:
Sey mit dem Munde stumm, sprich, Albus, mit der Hand!

Aspasia.

Der volle Mond sand seinen Silberstrahl
Durch stille Luft herab, da, wo allein im Thal,
Um Mitternacht der weise Thirsis wachte,
Und in sich selbst gekehrt, an strenge Weisheit dachte.
Schnell tritt, noch heitrer als der Mond,
Der am Olymp, umringt von Sternen, thront
Aus Büschen schön Aspasia hervor.
Der weise Thirsis, der den Tiefsinn nun verlor,
Gedacht, als er sie sah: Man muß auch für die Sinne
                                        sorgen,
An Plato denk ich morgen.

An den Hegesias.

Dafern dein Trauerspiel dem reichen Trajus nur gefällt,
Mit ihm dem Volk, so sey so sehr nicht drüber froh.
Das Lob, Hegesias, daß dein Verdienst erhält
Vom Trajus und vom Volk, ist: Ey, und Ach, und O!

Fuscus.

Dem Fuscus stirbt ein Sohn; dies geht dem Fuscus nah:
Allein ihn tröstet Seneca.
Dem Fuscus tadelt man sein Buch und seines Geistes Kinder
sterben:
Hiefür gäb er den zweyten Erben.

Die Gerechtigkeit.

Was hilft es der Gerechtigkeit die Augen zu verbinden!
Umsonst ist da das Band.
Wollt ihr sie besser binden?
So bindet ihr die Hand.

Dorilis.

Armbänder, Palatin, Aigretten,
Schönpflaster, Ohrgehäng, Manschetten,
Pompons, Bandlätze, Garnituren,
Mantille, Reifrock, Handschuh, Uhren,
Schmink, Esclavagen, Flohr, Brillanten,
Strickbeutel, Schnürbrust, Engageanten,
Halsschleifen, Kappen und Bouquetter,
Saloppen, Hauben und Planschetter,
Glasfedern, Roben, Müffe, Schmelzwerk,
Careassen, Spitzen, Ringe, Pelzwerk = = =
Dies alles hat nur einen Nahmen
Und heißet Dorilis zusammen.

Heliodor.

Heliodor, der gern zu reichen Freunden läuft,
Ist bey Gelaken wohl gelitten;
Und ob er besser frißt, verläumdet oder säuft,
Darüber wird gestritten.

Buffens Urtheil über den Metell.

Man rühmet den Metell als einen guten Kopf;
Jedoch man irrt sich sehr. Wie könnt er dieses seyn?

Ihn schwindelt von zwey Kannen Wein:
Er ist ein schlechter Kopf.

Oront. Tiro.

Tiro.

Komm, Freund, ich will zum Silvius dich führen!
Es ist ein Mann,
Der den Virgil auswendig kan;
Du sollst nicht deine Zeit verlieren!
Du säumst; wie, dünkt dir Silvius nicht viel?

Oront.

Ich habe den Virgil.

An die Helden.

Wollt ihr den Göttern ähnlich seyn,
Nehmt nicht durchs Schwerdt die Länder ein,
Ihr Helden, kriegt, wie Bacchus kriegte,
Als er den Orient besiegte!
Ihn nahmen Städt und Dörfer ein:
Vor ihm gieng Taumeln her, und Wein.

Fanny.

Man kan nicht zu zeitig lieben!
Thorheit ists, ein Glück verschieben,
Das nur Jugend fühlbar macht;
Längst vor uns stirbt unsre Jugend,
Und was folgt dann? Alter, Tugend,
Der der Gott der Freuden lacht.

Itzt, da mich noch Paphos kennet,
Und Cupidens Fackel brennet,
Da du blühend schön noch bist,
Fanny, Fanny, laß uns lieben!
Fanny, laß uns nichts verschieben!
Reitz ist, was nur an dir ist.

An den May.

O Florens Liebling, Freund der Weste,
May! mir sind deine Tage Feste,
Du dringst in Amaryllens Brust,
Hebst ihren Busen mir zur Lust,
Dein Hauch läst für den Kaltsinn büßen,
Sie strebt itzt selber mich zu küssen.
Nichts half es, stets ihr nachzugehn,
Nichts half mein Seufzen, Schmachten, Flehn,
Nichts halfen Blicke, Cränz und Lieder,
Von mir war alles ihr zuwider.
Da half nicht Untreu oder Treu:
Nur du hilfst, allmachtsvoller May!

Paul.

Der Dinge Grund und Zweck zu lernen,
Sucht Paul die Wahrheit in den Sternen
Und er thut stolz auf seine Müh.
Man rühme diesen klugen Seher;
Ich suche mir die Wahrheit näher,
In meinem Keller find ich sie.

An = = =

Sey nicht mit Strephon klug, der Kluge haßt und flieht;
Sey dumm! dann freut er sich halb todt, wenn er dich sieht.

Der Husar.

Ein muthiger Husar, den man zum Angrif fand,
Kam im Triumph zurück mit eines Feindes Hand,
Die auf dem Säbel stack. Warum bringst du die Hand,
Rief ihm sein Obrister, was bist du für ein Tropf!
Ja, sagte der Husar, er hatte keinen Kopf.

Der Schooßhund.

Es küßt mich meine Frau des Tages hundert mahl,
Und oft verwirret mich der Küsse größre Zahl.

Ich weiß allein, warum sie mich so lieb gewann:
Ich belle nie die Buhler an.

Trinklied.

Was trauret ihr, o meine Brüder!
Trinkt euch voll Freude, singet Lieder!
Die Thorheit steht euch doch noch an,
Die Cato sich vergeben kan!
Im Himmel trinken selbst die Götter,
Wer sie drum tadelt, ist ihr Spötter,
Preißt Libern, bis euch Wein gebricht,
Jedoch, erzörnt Cytheren nicht!

Delia.

Es hat die Sonne längst den Horizont beschienen,
Mir aber dünkt noch Erd und Himmel ohne Licht.
Die Sonne kan mir nicht den Tag zu sehen dienen,
Es schläft noch Delia, für mich tagt es noch nicht.

Stax.

Stax häufet Sorgen und Ducaten,
Geitz, Harm und Unruh reitzen ihn:
Wir lassen uns den Comus rahten
Und Sorgen mit dem Wind entfliehn.
    Sein Herz der Freude zu verschließen,
Ist schwacher Geister Eigenthum;
Wir wollen leben und genießen,
Uns reizt statt Gold der Klugen Ruhm.

Martia.

Ihr Damen, denkt, welch ein Geschick,
Vergeßt euch nie auf solche Weise,
Die ernste Martia that eine weite Reise
Und ließ Zähn und Gesicht zurück.

Der Wein.

Wer dürstet, kan nicht frölich seyn.
Die Sorgen fliehen vor dem Wein;
Drum schenkt, o Brüder, schenkt ihn ein!
O singt dem großen Noah Dank
Und folgt dem nach, was er begann,
Als unsre Welt der Fluth entrann:
Er pflanzte Wein und trank!

Madrigal.
Nach Erfindung eines spanischen Dichters.

Als Orpheus kühn es unternahm,
Und in die dunkle Reiche kam,
Wohin kein Lebender geschritten,
O Thorheit! Um sein Weib zu bitten,
Gab Pluto ihm den Augenblick,
Voll Zorn, Euridicen zurück.

Doch, in Erwägung seiner Lieder,
Und daß sehr oft ein weiser Mann
Die größte Schwachheit hegen kan;
So nahm er ihm sie plötzlich wieder.

An den Alban.

Alban, du hältst den Trismegist,
Den jeder liebt, für dumm;
Vermuthlich, weil er ehrlich ist,
Dies ist doch dein Warum!

Zeusipp.

Zeusipp vermählt sich mit Lucinden;
Zeusipp ist drum nicht blind.
Wenn wir an ihr nicht Reize finden,
Weiß er, daß sie im Coffer sind.

Pompons Erbe.

Es stirbt Pompon, ein reicher Mann,
Und unterm Flohre lacht sein Sohn die Erbschaft an.
Doch, daß der Tempel Zeuge sey, wie er den Vater hoch=
                                        geschätzt,
So wird darinn voll Ruhm ein Grabmahl ihm gesetzt,
Mit Genien geziert, aus Paros theuren Steinen,
Den Vater zu beweinen.

Vetturia.

So oft ein junger Mann sich in der Stadt vermählt,
Hört man Vetturien mit grauem Haupte sagen:
Auch der hielt um mich an, auch dem hab ich gefehlt,
Auch diesen hab ich ausgeschlagen.

Daphnis Grabschrift.

Der kleine Hügel, der durch meine Thränen grünt,
Deckt meinen Daphnis hier, dem er zum Grabmahl dient
Kein Böser ruh auf ihn, ihn könnt ein Unfall strafen,
Wer aber redlich ist, mag auf ihn sicher schlafen.

Fragment eines Schreibens an Selinden.

= = Du tadelst mich, daß ich die Stadt zu wenig schätze,
Daß mich ohn Ueberdruß ein ödes Feld ergetze.
Schillt nicht den schönen Ort, wo ich am Havelfluß
Beglückt auf Blumen ruh, in schattigtem Gesträuche.
Den Ort verließ ich nicht um alle Königreiche,
Jedoch verließ ich ihn, Selind, um einen Kuß.

An Timon.

Du sagst: es sey der Mensch nicht zur Gesellschaft da,
Er sey sich selbst genug, und glücklicher allein;
Du lebtest ruhiger in einem dunklen Hayn,
Und fern von Städten sey man nicht der Hölle nah.
An allem, was du sagst, ist, Timon, etwas wahr;
Doch denk, o Wilder, daß Gesellschafft dich gebahr.

Bey Gelegenheit des Erdbebens zu Lissabon.

Der ewig thront, ist Herr und Gott,
Wer ihn nicht liebt, mag vor ihm zittern;
Ihm ist der Fürsten Stolz ein Spott,
Sein Stuhl steht fest in Ungewittern.
Aus Liebe schuf er seine Welt,
Die er aus Liebe nur erhält;
Will kühn sich ein Geschöpf empören,
So kan ers samt der Welt zerstören.
Seht hin, ihr Spötter, seht und lacht,
Dort fliehen Felsen, die zerschellen,
Der Boden spaltet, Gottes Macht
Hebt Berg und Thal und Meer und Wellen!
Er, dessen Wink solch Wunder thut,
Gebeut dem Abgrund und der Fluth,
Könt ihr der Allmacht dies verwehren,
Und Rechenschaft von ihr begehren?
    Er ist der Töpfer, ihr der Thon;
Fragt ihn, was willst du aus uns machen?
Er spricht den Monarchien Hohn,
Stürzt stolze Reiche, hebt die schwachen.
Wenn er gebeut, so steht es da,
Er ist uns fern, er ist uns nah;
Flieht hin zum Himmel, flieht zur Hölle,
Sein Blitz ist eurer Flucht Geselle.
Wo blieb das alte Lissabon?
Wo Lima? So viel indsche Schätze?
Sie sind dahin, ihr hört davon:
Sagt, ob euch ihr Geschick ergetze?
Dann wohnt in Felsen, stark bewacht,
Gefürchtet, reich, in stolzer Pracht,
Gesichert für der Feinde Wüthen,
Wenn euch Geschütz und Heer behüten.
Mein Fels, mein Beystand ist der Herr,

Sein Arm, nichts mehr ist mir vonnöthen.
Ein Spiel für ihn bleibt Helden schweer,
Sein Zorn kan selbst die Geister tödten,
Trau, wer da will, auf eigne Kraft,
Auf Kunst, Talent und Wissenschaft,
Ich will mich gantz auf den verlassen,
Den seine Größe nur kan fassen.

Zweytes Buch.

Phorion und ein Gesandter des Alexanders.

Phocion.

Weswegen schickt dein Herr Geschenke mir allein,
Sollt ich nur in Athen derselben würdig seyn?

Der Gesandte.

Man kennt den Phocion als einen wackern Mann.

Phocion.

Nimm das Geschenk zurück, damit ers bleiben kan.

Tindaris.

Da Tindaris mir stets nur kalte Blicke giebt,
So will ich fern von ihr in einer Wüste leben;
Ich will den Himmel flehn, daß, der sie nach mir liebt,
Ihr stärkre Proben mag von seiner Liebe geben.
    O Liebe, lebe wohl! Es bleibt mein Herz zwar wund,
Jedoch dem Vorsaz treu, der Freunde wird betrüben;
Ihr Augen lebet wohl, leb wohl, o schöner Mund!
Dich küsset der vielleicht, der dich wird minder lieben.

Der Herbst.

Auf! Brüder, auf! die Gläser winken,
Auf! laßt uns die Vernunft vertrinken,
Wenn sie den Wein uns nicht vergönnt

Und nicht des Herbstes Rechte kennt!
Da Bacchus neuen Wein gewähret,
So will die Zeit, daß ihr die alten Fässer leeret.
Heut soll sein Nectar uns erfreuen
Und unsern Freundschaftsbund erneuen.
Trinkt, küßt euch! Machtens Könge so,
Sie würden mehr des Lebens froh;
Wißt ihr, woher die Kriege stammen?
Die Herren meiden sich und trinken nie zusammen.

Der Hagestolz an = =

Dein Rath ist, Freund, mich zu vermählen,
Mit langer Weil mich nicht zu quälen,
Mich gegen Freuden nicht zu stählen,
Die nirgend als in Ehen sind?
Ich wollte mich gar gern vermählen,
Mir eine Frau noch heute wählen,
Mich gegen solches Glück nicht stählen,
Wär' ich nur taub und blind.

Arist. Cleanth.

Cleanth.

O wie beredt ist Damis Frau, Arist! ich spräche nicht
Mit sieben Zungen nach, was sie mit einer spricht.
Wie diese spricht, so summt der Franzen lauter Hof,
Ihr Mund rauscht gleich dem Rhein, nie fehlt es ihr
                                        an Stoff.

Arist.

Wovon sie immer spricht, Cleanth, dies wundert mich?

Cleanth.

Wovon, Arist? Von sich.

An Herrn L = =

Wenn Gram und Schwermuth mir des Lebens Blüthe raubt,
Und mir das dumme Glück zu hoffen nichts erlaubt,

3*

Wenn Iris mir nicht lacht, kein Freund zur Seite bleibt
Und lieber mit Concert und Ball die Zeit vertreibt,
Wenn ich nicht lesen kan, kein Dichter mir gefällt,
Und Zeno meinem Geist, was er verspricht, nicht hält:
Dann kommst du, Freund, zu mir und füllest mich mit Lust,
Und singest Freud' in meine Brust.

Amintas.

Amintas, den man in Paris
Galant und fein und artig hieß,
Kehrt wieder über unsre Gränze,
Man glaubt, er bring Verstand zurück
Zu vielen Aemtern mehr Geschick,
Er macht die besten Reverenze.

Filetes.

Die Menschenliebe trägt Filetes im Gesichte,
Man sagt auch, daß ihn Elend rühre,
Daß er für jeden Mitleid spühre,
Für seine Gläubiger nur nicht.

Trinklied.

Was mischt ihr Wasser unter Wein?
Wie? darf er schwach für Männer seyn?
Das Wasser ist nur gut den Fischen;
Doch wenn ihr Dinge mischen wollt,
So wisset, werthen Freund', ihr sollt
Hier Thorheit unter Weisheit mischen.

Emilia.

Vom Reiz umflogen und von Scherzen,
Erscheint Emilia, und herrscht in meinem Herzen.
Ihr freundlich Aug, ihr Mund stürzt mich in Sclaverey;
Sie spricht: Nun bin ich frey!

Cephysens Selbstgespräch.

Der freundliche Charin hat mich jüngst schön genannt,
Als er mich ganz allein in einer Grotte fand.
Er sagte mir, es glichen meine Wangen
Den Rosen, die erst aufgegangen,
Kein Mägdchen reizte mehr, als ich;
Mein Blick hätt ihm sein Herz geraubt, er dächte Tag und
                                        Nacht an mich,
Ach! aber hilft es mir, Charinen lieb zu seyn?
Ich armes Mägdchen schlaf allein!

Fragment eines Gesprächs des Marcus und Astolfs im Weinhause.

Astolf.

= = = Ist deine Frau nicht schön, so wardst du reich durch sie.
Die Arme schläft allein und nur des Morgens früh
Sieht dich die gute Frau! Was hat sie denn für Freude?
Jetzt ist es Mitternacht; du bist ein Türk und Heyde,
Geh doch zu deiner Frau! Was liegt dir in dem Sinn?

Marcus.

Ey geh du selber hin!

An Isis.

Fern, Isis, von der Stadt, fern von des Hofs Getümmel,
Ist Unschuld hier dein Reiz, und Liebe nur dein Himmel.
Du bist zu groß zum Stolz, zu Carven, zur Figur,
Die Schaam ist deine Schmink' und Flora ziert dich nur.
Hier ist dein Wink Gesetz, die Freude folgt dir immer,
Dir, Isis, blüht die Flur, du bist ihr Ruhm, ihr Schimmer.
Vertrauen ohne Furcht, Vergnügen ohne Reu,
Schafft dir ein Eden hier und spricht vom Zwang dich frey;

Zur Freyheit und zum Glück sind, Isis, wir geschaffen,
Und Liebe gilt uns mehr, als Ansehn, Gold und Waffen,
Hier wohne, dir sey Ruh, mit mir im kühlen Thal,
Für lästernden Besuch und Hof und Carneval.

An = =

Du sinnst auf meines Freundes Lob; du darfst dich nicht
                                bemühn;
Es kennt ein jeder den von K = =, und sprich, wer
                                tadelt ihn?

Das billige Schicksal.

Das Schicksal hat in ihrem Leben
Den Großen viel voraus gegeben;
Doch nein! Nichts geht uns ab.
Das Schicksal scheint der Großen Heuchler,
Weil ihnen es die Pest der Schmeichler,
Uns aber Freunde gab.

Belinde.

Als Amor einst Belinden fand,
Küst er mit Innbrunst ihre Hand
Und ward nicht müde sie zu küssen;
O Mutter, sprach er, laß mich wissen,
Ob = =! Ich bin deine Mutter nicht,
Du irrest, Amor, rief Belinde.
Vergieb, sprach dieser, einem Kinde!
Du hast der Mutter Angesicht.

Thrax.

Thrax überlegt, beschließt, verläst mich, läuft mir nach,
Steht still, sitzt, list und gähnt, schläft ein, wird wieder wach,
Pfeift, sieht mich an und lacht, singt laut, wird wieder still,
Erschrickt, greift nach der Uhr, flucht, fragt mich, was er will.

An Tirsis.

Komm, Tirsis, dich mit mir zu freun,
In Lauben die Lyaeen grünen.
Du Knabe, gieb Madera Wein
Und Blumen, die zu Kränzen dienen;
Dann eil und ruf uns Lydien,
Nur sorge, daß sie sich nicht schmücke;
Sprich! daß uns kein Gewand entzücke!
Sie reize wie die Grazien!

An Amorn.

Ich bin nicht mehr der, der ich war,
Mein Frühling ist schon längst vergangen,
Und ach! was kann ich noch verlangen?
Ich träume schon von Gruft und Baar.
Ich wählte von den Göttern mir
Den Amor, dem selbst Götter dienen,
Könnt ich wie Pflanzen wieder grünen,
Aufs neu lebt ich, o Amor, dir.

Über den bey Ostritz gebliebenen Major von Blumenthal.

Es stirbt ein Menschenfreund. Grausamer Todesfall,
Der Krieg raubt den von Blumenthal!
O Krieg! da dir es sonst an Nahrung nicht gebricht,
Warum verschonest du der Tapfren und der Weisen nicht?

Cantate.

Vom Schöpfer soll mein Spiel erklingen.
Was könnt' ich größeres besingen,
Als den, der diese Welt gebahr!
Durch ihn lebt alles und die Sphären
Umwälzen sich nur ihm zu Ehren,
Ihn preißt mit mir der Geister Schaar.

O Unermeßlicher, bekleidet mit Unsterblichkeit,
Dich rühmen, ist schon Seeligkeit,
Dies ist ein himmlisches Geschäfte!
So oft mit güldner Pracht die Sonne wiederkehrt
Und weit umher Gesang mich aus dem Schlafe stöhrt,
Spür ich zu deinem Dienst und Lob verjüngte Kräfte.
Dann schimmert zwar nicht mehr der dunklern Sonnen Zahl,
Doch zeigt ein Meer von Licht mich blendend auf einmal
Was du zum Nutzen mir, Allgütigster, erschaffen.
Ihm ewig wohl zu thun, hast du den Menschen lieb,
Er aber folgt verkehrt des Undanks schwarzem Trieb,
Misbraucht sich selbst und sieht nicht blitzen und nicht strafen.
Geh, Stolzer, ernte Korn, aus Gärten sammle Frucht,
Und weil die Erde soll,
So gebe deinem Tisch, Fluß, Wald und Hügel Zoll,
Dann hasse Gott und sey verflucht.

  Nicht ich, mein Vater, kann dich hassen,
  Ich bin dein Werk, dich zu verlassen,
  Ist grober Unsinn, tolle Wuth.

  Du gabst mir Freyheit zwar zu fehlen,
  Doch Geist genug, mein Glück zu wählen,
  Durch dich, in dir ist alles gut.

Aus der Ausgabe von 1791.

II., 47.

Ermahnung.

Es saget Lesbia, sie habe nie geliebt:
O liebe sie doch nur, damit sie einmal liebt.

Anhang.

A. Epigramme und kleinere Lieder.

1.

Adams Unschuld an der Schöpfung des Weibes.

Die Schuld war wohl nicht Adams seine,
Als Gott die Frau zum Daseyn rief;
Ihm galt es seiner Rippen eine,
Und der Armsel'ge schlief.

2.

An Tullien.

Mit Cirkel, Buch und dunkler Stirn' und Wangen,
Und weisem Spruch zielt hin nach unserm Herz
Die junge Tullia. Mein schönes Kind, im Scherz,
Nein, mehr im Ernst; nur Thorheit kann uns fangen. ·

3.

Lied.

Viel unbeständ'ger noch als Wolk' und Welle
Entflieht die Zeit, und was bedauert ihr?
Es nahm' ein Tag, ein Jahr im Nu des andern Stelle,
Wir halten sie, genießen wir.
Des Lebens wollen wir uns tausendfach erfreuen,
Und da man's stets zu bald vermißt,
Und es ein bloßer Durchgang ist,
Auf diesen Durchgang Blumen streuen.

4.

Herminia.

Herminia lebt nicht der Liebe feind;
Sie ringt die Hand, sie seufzt und scheint zu Gott zu flehen.
Ich aber darf ihr Herze sehen,
Sie sehnt sich, seufzt und ringt nach einem treuen Freund.

5.

Lied.

Was prahlt ihr mit Verstand, Vernunft,
O Thoren aus der Weisen Zunft?
Man gähnt euch Schwärmer anzuhören.
Zum Unsinn was kann euch empören?
Oft schließt ein Kind, ein wenig Wein,
In Beilam auch Platonem ein.

6.

Einladung.

Mich laden Oper, Cirkel, Bälle,
Thal, Hügel, Grotten, Wasserfälle,
Meer, Felsen, Wiesen, welche blühen,
Wald, Gärten voll Orangerien,
An Bächen Trinker unter Rosen:
Ich schleich Amanden liebzukosen.

7.

Der Frühling.

Es kehrt der Frühling wieder,
Und mit ihm viele Lieder,
Und Florens schöne Kinder;
Der Luftkreis duft't gesünder,

Der Buchen stumme Schatten
Verhehlen laute Gatten;
In aller Herz erwachen
Scherz, Liebe, Spiel und Lachen:
Was ich nur sitz' und gräme?
Ach wenn auch Iris käme!

8.

Beau.

Beau, der nie Frauen Gunst gewann,
Wirft sich in Damen Schmuck in einen güldnen Wagen,
Und fährt bey seinen Freunden an,
Und lässet nach sich fragen.

9.

Maximian.

Maximian, ein Flügelgrenadier,
Voll Muth und Bart, nahm sich bey Mahon für,
In der Belagerung noch Obrister zu werden.
Er sagt's dem Nebenmann, indem fällt er gestreckt,
Den Kopf durchbohrt, beym Nebenmann zur Erden.
Dem neuen Flügelmann, dem in die Hand etwas Gehirne flog,
Der ohn' Verwunderung des Cameraden Fall erwog,
Wieß auf der Hand Maximians Project.

10.

An = =

Für Freyheit wechselst du dir Gold!
Du handelst als ein Trunkenbold,
Du hast mit Freyheit Ehr' und Leben
Für Koth, o Schnöder, hingegeben.

11.
Der Löwe und der Fuchs.
Der Löwe.

Ein Schurk' ist der, der nicht regiert,
Und den man bey der Nase führt;
Der, was er schafft, nicht sich erwirbet,
Der Sclav geboren wird und stirbet.
Rath Fuchs, dem Kraft, nicht Geist gebricht,
Wär' ich der Thiere König nicht,
So wär' ich lieber gar kein Thier.

Der Fuchs.

Dir Herr gehört das Reich und mir (bey Seite).

12.
Amor.

Ich wollt im Zorn den Amor von mir jagen,
Denn ach, was macht er mir für Schmertz,
Er aber jug von mir das Lachen und den Schertz
Und blieb allein um mich zu plagen.

13.
Salomo.

Der weise Salomo soll mir zum Muster dienen,
Zum Zeitvertreib nahm er dreyhundert Concubinen
Und Weiber noch viel mehr nach heiligem Bericht,
So weise, ach, bin ich noch lange nicht.

14.
An Dorilis.

Du fliehest mich, ach Dorilis, und spottest meiner Pein,
Kanst du so göttlich schön und ohne Liebe seyn!

Ich schmacht', ich athme tief, wenn ich nicht bey dir bin,
Und komm ich denn zu dir, eilst du zur Mutter hin
Ohn Umzusehn. Wenn ich dir deine weiße Hand
Voll Inbrunst küssen will, bist du für Zorn entbrannt
Und blickst, auch schön im Zorn, mich schrecklich drohend an,
Mich, der ich dich nur fürchten kan.
O fühle Gegengunst, o fürchte dich der Sünden
Mich einst für Lieb entseelt zu finden.
Du würdest denn zu spät in bleichen Zügen lesen,
Wie zärtlich treu mein Hertz gewesen!
Jedoch, die Stolze scheut mein blaßes Angesicht,
Sie lebt dem Haße nur, sieht meine Thränen nicht,
Auch ich will, Venus hilf! auch ich will vor ihr fliehen
Und blind, für Dorilis, hinfort bey Chloen glühen.

15.

Blinde.

Du fragst, wie alt Olinde sey, die so viel Aufsehn macht;
„Des Tages ist sie zwanzig Jahr und 50 Jahr bey Nacht".

16.

Die Mönche.

Ihr Mönche, seid nur dreist galant!
Euch läßt kein Mädchen trostlos wandern.
Ihr tragt die Sünd' in einer Hand,
Und die Vergebung in der andern.

17.

Die Religion.

Sie war zuerst natürlich, leicht und rein;
Drauf drangen List und Eigennutz hinein.
Die gaben ihr Geheimniß und Gebräuche;
Dem Pöbel Furcht, den Priestern dicke Bäuche.

18.

**Ueber die Statue der Venus in Sans=Souci
des Alex. von Papenhoven.**

Geliebte Venus, wie Du lächelnd
Den Garten unsers Friedrich's zierest!
O, wenn mir einst die blonde Daphne
Vergönnte, was dein Amor waget,
Der jene leichte Kleidung hebet,
Die sich um Deine weißen Hüften
Recht neidisch, doch unnöthig schmieget.
Reiz, schönste Venus, meine Daphne,
Wenn ich Dich einst ihr zeigen werde,
Daß sie mir selbst in ihrem Zimmer
Die allerliebste Stellung weise,
Worin sie Dich allhier gesehen,
Und denn will ich dem Amor gleichen.

Zwei Kriegslieder.

I.

Lied der Brandenburger nach dem Treffen bey Weißenfels.

Der Römer, der die Welt bezwang,
War tapfer, kühn wie wir;
Wir streiten mit ihm um den Rang,
Und Roms vergißt man schier.

Vor uns auch geht ein Cäsar her,
Groß an Verstand und Muth;
Wir kennen Ihn, er kennt sein Heer,
Ruhm gilt uns mehr als Blut.

Was nur für Völker um uns sind,
Sind wider uns empört;
Doch Reuß und Franze zogen blind,
Ihr Luft-Schloß ist zerstört.

Der Britte, der nur Helden ehrt,
Rühmt jetzt uns mehr als sich,
Huzza! wird weit in's Meer gehört,
Und: Lebe Friederich!

Wir dämpfen auch noch Oestreichs Stolz,
Der unter Schlägen schwillt;
Er bettle Kraft von Stein und Holz,
Wir sind von Gott erfüllt.

Wer unter uns als Sieger stirbt,
Stirbt Neidenswerth und schön;
Das Lob, das ein Schwerin erwirbt,
Bleibt hell am Himmel stehn.

Der Römer, der die Welt bezwang,
War tapfer, kühn wie wir.
Wir eifern mit ihm um den Rang,
Und Roms vergißt man schier.

2.

Lied der Berlinerinnen nach der Sache bey Lissa.

Lobsingt, Freundinnen, überlaut
Sophiens großen Sohn!
Er ist wie Gott, ihr Schwestern schaut,
Wie glänzt des Königs Thron!

Auch wir sind von der Ehre voll,
Die Friedrich uns erhält,

Mann, Sohn, der uns bey Lissa fällt,
Fällt, wo er fallen soll.

Bey Lissa ward der Feind geschwächt,
Der unversöhnlich blieb.
Da hat der König uns gerächt,
Da war die Ruh' ihm lieb.

Als Haddick uns mit Schrecken schlug,
Wie waren wir gebeugt!
Doch es verherrlicht Muth, nicht Trug,
Ein Volk von uns gesäugt.

Ein Volk voll Zucht, wie Spartens kühn,
Schuf sich des Königs Herz;
Es blutet oft und gern für ihn,
Nur Schande zeugt ihm Schmerz.

Dem Feind hilft keine Gegenwehr,
In Friedrich kämpft ein Gott;
Der stärkt, der mehrt der Brennen Heer,
Krieg, Winter ist ihr Spott.

Wie groß ist, Friedrich, dein Gewinn!
Wer hat mehr Lob verdient?
Wir singen dich der Nachwelt hin,
Bey der dein Name grünt.

Lobsingt, Freundinnen, überlaut
Sophiens großen Sohn!
Er ist wie Gott, ihr Schwestern, schaut,
Wie glänzt des Königs Thron!

Cantate.

Darf deines Mündels Zunge taugen,
Dein Lob, Jehova, zu erhöh'n?
Orion glänzt mir itzt vor Augen,
Dein Tag und deine Nacht ist schön.
Wenn deines Tempels Lampen brennen,
Sollt' ich dabey nur schlummern können?

Mein' Herr und Gott allein,
Auch in der Mitternacht sollst du mein Loblied seyn,
An dir ist ewiglich zu preisen!
Wollt' ich nach Afriken nach fremden Wundern reisen,
Von neuen Himmeln dort am Meer umleuchtet steh'n,
Würd' ich in seinem Werk' auch da denselben seh'n.
Wer faßt, daß wenn ein Laut von deinen Lippen gleitet,
Er Erd' und Himmel zubereitet?
Doch was unfaßlich groß ist meines Gottes Werth!
Wie aber hast du doch den Menschen so geehrt,
Und seiner nur gedacht?
Er wäre g'nug geacht't,
Dürft er hier kurze Zeit nur deine Sonne sehen;
Du aber willst ihm zugestehen,
Ihm, deinen Umgang selbst, o Gnad', o Seligkeit,
Durch eine lange Ewigkeit.

Arie.

Hätt' ich mich schon zu Dir gefunden,
Mit meinem Ursprung mich verbunden,
So würd' ich gleich den Engeln seyn!
So lang' ich auch auf Erden walle,
Den Sinnen und der Welt gefalle,
Reift doch jede Lust zur Pein.

Cantate.

Arie.

Von Chloris Augen bin ich wund,
Die Liebe wohnt in ihren Blicken,
Das Lachen öffnet ihren Mund'
Und ihre Sprache muß entzücken;
Auch wenn ich sie lustwandeln seh,
Reizt sie als eine Grazie.

Recit.

Ich singe zwar o schattenreicher Wald,
Mein liebster Aufenthalt!
Wenn ich an Chloris Reize denke:
Doch seufz' ich bald und ich versenke
Mich tief in Gram, weil Chloris Herz
Nur Wollust zieht aus meinem Schmerz.
Du stolze Göttliche, um die die Scherze schweben,
Du süßer Trost von meinem Leben!
Wie! stimmte wohl mit deinem Herzen nicht,
Dein sonnenheitres Angesicht.
Ach hörtest du, mir nah, zu meinem Glück verstecket,
Von jenem Rosenstrauch bedecket,
Den Wunsch, der mir so oft entfährt,
Der aber deine Schönheit ehrt!
Ich wünsche: Könt ich mir nur deine Huld erwerben,
Dich küssen und dann sterben.

Arie.

Du wirst umher auf vielen Rinden
Hier deinen schönen Nahmen finden,
Wie dieser wächst, wächst meine Treu.
Du bist mein Abgott, meine Wonne,
Nur dich zu sehn wünsch ich die Sonne,
Wie die, bist du mir täglich neu.

Corrifus, Callirhoe; eine Erzählung.

O Liebe die mich oft zu heißen Thränen zwingt
Wenn mir dein mächtger Pfeil ins Eingeweide dringt,
Leucothoe verlangt, die Schönste froh im quälen,
Ich soll zum Unterhalt Geschichten ihr erzählen.
Ich will, mit Freude, gern, rührt ich ihr doch das Hertz
Und theilte sie mit mir einmahl den süßen Schmertz!
In Caledonien blüht einst Callirhoe
Ein Mädchen voller Reitz, gleich dir Leucothoe.
Sie konte leicht das Hertz aus Männer Busen stehlen,
Junonisch war ihr Blick, kein Jüngling kont ihr fehlen.
Sie sieht Corrifus einst in Bacchus Tempel gehn,
Er der dort Priester war. Callirhoe zu sehn
War ihm ein Blitz ins Hertz. Sonst war er frey geblieben
Dem Amor wie zum Trutz, nun aber sollt er lieben
Und sieh er liebt. Er geht wohin die Schönheit geht
Entdeckt ihr sein Gefühl, seufzt vor ihr, schmachtet, fleht,
Verspricht so viel er hat und biethet selbst sein Leben.
Nichts hilft. Die fühllose Grausamem Stolz ergeben,
Verwirft ihn schlechterdings. Corrifus, hofnungsloß,
Der Liebling Bacchus, wirft sich Libern in den Schooß,
Umfaßt sein schlankes Bild: o holder Gott der Trauben,
Ruft er, Callirhoe weiß dieses Hertz zu rauben
Und tödtet dann dies Hertz. Du Gott, sey mir gerecht,
Mein Leben ward mir Grab, ach tröste deinen Knecht.
Die Tempel zitterten. Noch nie gesehne Wuth
Kam plötzlich unters Volk. Durch fieberhafte Gluth
Gepeinigt, fiel es hin in Gassen wie gesäet,
In scheußlicher Gestalt, die Glieder gantz verdrehet
Und starb. Der Bürger Heyl war nach Dodon zu gehn,
Wo das Orakel sprach: wißt durch Callirhoen
Und wenn wer für sie stirbt, könt ihr die Stadt befreyn,
Sie müßt dem Bacchus ihr für euch zum Opfer weyn.

Die Bürger gehn zurück. Sie schlept man zum Altar,
Man glaubt nicht, daß ein Freund für sie zu finden war;
Man kränzt sie, blößt die Brust, Corrisus soll sie schlachten,
Das Opfer hat nicht Zeit den Opfrer zu betrachten.
Der Priester zieht den Dolch, stößt ihn in seine Brust —
Versteinert steht das Volk, denn ihm war nichts bewußt.
Es schreyt: Callirhoe sieh an den sterbenden!
Sie sieht ihn, fühlt ein Hertz, liebt nun den Liebenden,
Schweigt aber, nimt den Dolch und fliehet vor die Stadt,
Wo sie, gen Himmel sehnd, sich auch getödtet hat.